„Dhoaram, der Seher"

Eine schamanische Einweihung und ihre Folgen

Eine Erzählung
von Joachim Felix Hornung

„Dhoaram, der Seher"

Eine schamanische Einweihung und ihre Folgen

Erzählung
von Joachim Felix Hornung

Die Deutsche Nationalbibliothek verzeichnet diese Publikation in der Deutschen Nationalbibliografie; detaillierte bibliografische Daten sind im Internet über dnb.dnb.de abrufbar.

Herstellung und Verlag: BoD – Books on Demand, Norderstedt

ISBN   9783754337394

„Dhoaram, der Seher"

Eine schamanische Einweihung und ihre Folgen

– Motto: Geheimnisse muss man wahren. –

Teil I. Meine Lehrer

Teil II. Einweihung

– *Ende des Inhaltsverzeichnisses* –

Die Fußnoten, fünf Anlagen und der Disclaimer wurden
nachträglich dem Text beigefügt.

JFH=Joachim Felix Hornung, joachimhornung(.)gmx(.)de

www.mutual-mente.com, 16. Dezember 2021

„Dhoaram, der Seher"

Eine schamanische Einweihung und ihre Folgen

Mein Name ist Dhoaram. Hier erzähle ich euch die Geschichte von meinen Reisen in Vergangenheit und Zukunft – in eine Zukunft, die, so hoffe ich, niemals so sein wird.

Teil I.   Meine Lehrer

01. Das geraubte Steinmesser

Bevor ich euch von meinen Reisen in die Vergangenheit und in die Zukunft berichte, bevor ich euch von meinen Reisen in eine andere Wirklichkeit berichte, möchte ich euch die Welt schildern, in der ich meine Kindheit verbrachte. –

Der Knabe lief hinunter zum Bach. Er hatte sich das Knie aufgeschlagen und er wollte es dort kühlen. Nachdem er das Blut abgewaschen hatte, hielt er sein Knie noch eine Weile in das klare, kühle Wasser. Der Schmerz ließ schnell nach, und er suchte zwei Blätter der Minze, um sie daraufzulegen. Er hielt seine Hände über das Knie, so wie Großvater es zu tun pflegte, wenn er eine Verletzung versorgte. Als der Knabe später ins Dorf zurückkehrte, sahen alle, dass etwas nicht stimmte, denn er lief gebeugt einher, da er die Blätter noch immer auf dem Knie festhielt. Großvater lugte aus seinem Hause, kam hervor und betrachtete den Knaben. „Gut gemacht!" sagte er zu ihm, „Dhoaram, du wirst einmal ein Heiler werden und ein tapferer Krieger dazu."

Dhoaram, der bin ich. Ich war damals 14 Jahre alt. Ich frage viel und rede gerne mit den Menschen. Am liebsten möchte ich alles wissen: Wie es den Menschen geht, was sie über die Welt denken, und wie alles zustande gekommen ist. Die Menschen nennen mich ‚den Wissbegierigen'.

Ich habe keine Geschwister. Doch Garann, der Sohn meines Onkels Milum, der zu jener Zeit sechzehn Jahre zählt, ist mir wie ein großer Bruder. Obwohl wir im Wesen so verschieden sind, sind wir doch ein Herz und eine Seele. Wenn Garann etwas fehlt, so weiß ich es, auch wenn wir gar nicht beisammen sind.

Einmal hatte er sich so sehr im Gestrüpp verfangen, dass er nicht mehr allein herauskam. Obwohl ich dreimal so weit von ihm entfernt war, wie man rufen kann, wusste ich, dass er in Not war, und rannte mit meinem scharfen Steinmesser zu ihm, um ihn zu befreien. Es gelang mir nicht, und erst als mein Onkel Milum hinzukam, konnten wir ihn erlösen.

Großvater heilte die blutenden Wunden, die die Dornen gerissen hatten. Schon damals zeigte sich ‚mein großer Bruder' tapfer und klagte nicht. Großvater war stolz auf uns. –

Ein anderes Mal, im Alter von zwölf Jahren, war ich im Außendorf wütend auf meinen Vetter Zipps, weil er mir mein Messer weggenommen hatte. Obwohl Garann sich im Hauptdorf aufgehalten hatte, welches zweimal tausend Schritte vom Außendorf entfernt liegt, kam er herbeigelaufen, um mich zu beruhigen.

Zipps' Verhalten war für mich schwer zu ertragen, denn er verstieß gegen eine unserer Grundregeln. Die Grundregeln verstand ich damals nicht alle, doch soweit ich sie verstand, waren sie mir wichtig, und ich war bemüht, sie vollständig zu erlernen und zu befolgen.

Wir leben alle gemeinsam im Dorf, im Wald, auf den Wiesen, am Fluss. Wir leben gemeinsam mit den Pflanzen, mit den Tieren und mit allem um uns herum. Das alles gehört uns allen. Doch es gibt einige Dinge, die nicht gemeinsam sind, sondern einer einzelnen Person gehören, so zum Beispiel die eigene Kleidung, die eigene Ess-Schale, das eigene Steinmesser. Es besteht eine enge Beziehung zwischen einem Ding, welches mir gehört, und mir. So besteht eine enge Verbindung zwischen meinem Messer und mir, welche von allen geachtet wird und unzertrennlich ist.

Zipps nun hatte mir mein Messer fortgenommen, und ich war fassungslos. Das Steinmesser hatte mein Onkel Milum mir geschenkt, als ich zehn Jahre alt war. Kinder bekommen ein kleineres und einfacheres Messer als Jungmannen. Wenn ein Heranwachsender beim ersten Einweihungsfest in die Gemeinschaft der Jungmannen aufgenommen wird, bekommt er ein besonders für ihn hergestelltes, schöneres und größeres Messer.

Auch das Messer eines Kindes gehört ihm. Wenn meine Mutter einmal mein Messer ausleihen wollte, da sie ihres nicht gleich zur Hand hatte, bat sie höflich um meine Erlaubnis, so als sei ich ein Erwachsener. Manchmal habe ich mich darüber recht gewundert, und es wurde mir damals langsam klar, wie wichtig für unser Volk die Grundregeln sind und wie genau sie befolgt werden müssen. Ich bemühe mich, sie zu erlernen und zu beachten.

Jetzt hatte Zipps mir mein Messer fortgenommen, und ich konnte nichts dagegen tun, da er größer und stärker war als ich, und überdies war er weggelaufen. Garann kam herbeigerannt, nahm mich in den Arm und sagte, da er schon von fern her gewusst hatte, was geschehen war:

„Sei tapfer, zürne ihm nicht. Irgendetwas ist mit ihm geschehen, so dass er nicht wusste, was er tat. Du wirst dein Messer wiederbekommen, und Zipps wird lernen, dein Eigentum zu achten. Aus irgendeinem Grunde muss er verwirrt gewesen sein." –

Dann gibt es noch etwas, das weder allen gehört noch einem einzelnen Menschen. Das ist eine Hütte oder ein Haus. Von einem Haus spricht man, wenn es aus stabilen Holzstämmen, aus Steinen oder aus Lehmziegeln gebaut ist und ein geneigtes Dach hat. Eine Hütte besteht aus einfachen Holzstangen, über die Felle, Zweige und Schilfrohr gespannt sind. Häuser sind fester als Hütten; die Hütten brechen manchmal bei Sturm zusammen.

Das größte Haus im Dorfe ist das Versammlungshaus; es wird für Zusammenkünfte der Ältesten benutzt und für Feierlichkeiten. Es wohnt niemand darin. Es gehört allen Menschen des Dorfes gemeinsam und wird sorgsam gepflegt und reingehalten.

Ein Haus oder eine Hütte gehört der Familie oder den Menschen, die darin wohnen. Eine Familie besteht gewöhnlich aus den Großeltern, den Eltern und den Kindern. Wenn jemand, der nicht zur Familie gehört und nicht dort wohnt, etwas möchte, dann bleibt er höflich am Eingang stehen und trägt seinen Wunsch vor. Niemals wird er darum bitten, eintreten zu dürfen. Nur wenn man dazu aufgefordert wird, einzutreten, und wenn alle Höflichkeitsregeln beachtet sind, tritt man ein, nachdem man die Schuhe ausgezogen hat, jedoch nur, wenn die Kleidung nicht verschmutzt ist.

In unserem Dorf leben ungefähr einhundert Menschen in etwa zwanzig Häusern und Hütten. In einigen kleineren Hütten lebt je nur ein einzelner Mensch, und das kann verschiedene Gründe haben. Zum Beispiel kommt es vor, dass eine junge Frau, nachdem sie zum ersten Male geblutet hat, allein sein möchte, da sie jetzt kein Kind mehr ist, aber auch noch keine Frau. Sie fühlt sich unruhig und unsicher und kennt ihre Rolle in der Familie nicht mehr. Wenn sie dann allein in einer Hütte lebt, kommen dreimal am Tage ältere Frauen zu ihr, um sie zu trösten, um mit ihr zu sprechen und um ihr zu essen und zu trinken zu bringen.

Oder ein junger Mann, der schon zum Erwachsenen geweiht ist, konnte die junge Frau, in die er sich verliebt hatte, nicht für sich gewinnen. Dann lebt er in seinem Kummer für einige Zeit allein in einer kleinen Hütte oder im Wald.

Für gewöhnlich leben ein oder zwei Menschen in einer Hütte und sechs bis acht Menschen in einem Haus. Wenn eine neue Familie entsteht, weil eine Frau und ein Mann sich gefunden haben und heiraten, und wenn das Haus der Eltern der jungen Frau zu klein ist, um noch mehr Menschen zu beherbergen, dann muss ein neues Haus gebaut werden. Das ganze Dorf hilft dabei mit. Die Männer machen die schwere Arbeit, wie zum Beispiel Bäume fällen, zuschneiden und das Holz herbeitragen, Steine herbeischleppen oder Lehmziegel

13

formen, brennen und aufschichten. Die Frauen machen die körperlich leichtere Arbeit, wie Zweige und Schilf schneiden, Schilf binden, Felle schneiden und zusammennähen, immer alles sauber halten, Essen zubereiten. Wenn das Haus fertig ist, wird ein großes Fest gefeiert, zu dem auch Leute aus den Nachbardörfern eingeladen werden.

Bevor ein Paar ein neues Haus beziehen kann, muss es geheiratet haben. Die Heirat wird in einer Feier vollzogen, bei der die Medizinfrauen des Dorfes eine wichtige Rolle spielen und ein oder zwei Zauberer. Auch werden Medizinfrauen und Zauberer aus Nachbardörfern hinzugezogen, wenn nach dorthin verwandtschaftliche Beziehungen bestehen. Bei der Hochzeit werden nur magische Geschenke gemacht, die von einer Medizinfrau begutachtet und geweiht werden. Dazu kann ein Anhänger gehören oder eine Halskette oder eine Fruchtbarkeitsgestalt, vielleicht ein Kleidungsstück von besonderer Bedeutung. Nach der Hochzeit verschwindet das frisch vermählte Paar für einige Zeit in den Wäldern, weswegen die Hochzeiten meist im Sommer gefeiert werden.

Wenn das Haus fertig und das junge Paar aus den Wäldern zurückgekommen ist, wird ein glanzvolles Fest gefeiert, an dem alle teilnehmen, auch aus den Nachbardörfern. Es bestehen ja viele verwandtschaftliche Beziehungen zwischen den Dörfern, aber auch sonstige Freundschaften. Bei dem Fest ist zugleich Gelegenheit, dem jungen Paar reichlich Geschenke zu machen, um ihren neuen Hausstand auszustatten. Auch wird dabei das neue Haus begutachtet und dem Paar gesunder Nachwuchs gewünscht.

14

02. Meine Eltern

Meinen Vater habe ich nie gekannt. Er war, bevor ich geboren wurde, nicht von einer Jagd zurückgekehrt. Seine Jäger-freunde haben ihn tagelang gesucht, jedoch keine Spur von ihm gefunden.

Wie erzählt wurde, war mein Vater ein schweigsamer Mann gewesen. Er war mit Leib und Seele Jäger gewesen und hielt sich auch sonst am liebsten in den Wäldern auf, oder auf den Hügeln oder am Fluss. Er war ein Einzelgänger. Als ich geboren wurde, war meine Mutter in Trauer. Sie hat nie wie-der einen Mann gehabt.

Als ich vier Jahre alt war und in zusammenhängenden Sätzen sprechen konnte, erzählte ich von meinem Vater. Man dachte zunächst, dass ich bemerkt hatte, dass andere Kinder einen Vater haben und ich nicht, und dass ich mir einen Vater wünsche. Als ich auch von meiner Mutter sprach und dass wir arme Leute seien, die allein unten am Fluss leben und uns kaum mit anderen Menschen treffen, da wurde es meiner Mutter und den anderen klar, dass ich nicht von meinen jetzi-gen Eltern sprach, sondern von meinen Eltern aus einem ver-gangenen Leben.

Ich berichtete, dass wir oft nicht viel zu essen haben, dass mein Vater häufig fischen geht, dass er wenig spricht und dass er blonde Haare hat. Ich erzählte mit Anzeichen der Furcht, dass ich Angst vor dem Flusse habe und dass der Fluss mich töten werde.

Es war in unserem Volke allgemein bekannt, dass ein Mensch einige Jahre nach seinem Tode neu geboren wird. [1] Die neue Geburt ereignet sich nicht selten in derselben Familie oder in der nächsten Verwandtschaft. Bisweilen hat der Verstorbene seine neue Geburt als Sohn oder Tochter einer bestimmten Frau oder in eine bestimmte Familie hinein noch vor seinem Tode vorhergesagt. In anderen Fällen erscheint der Verstorbene einer schwangeren Frau im Traum und kündigt seine Wiedergeburt aus ihrem Schoße an.

Das Neugeborene wird manchmal an einem kleinen Mal erkannt, welche es von Geburt an genau an der Stelle hat, an der der Verstorbene eine Narbe trug. Wenn das Kind heranwächst, zeigt es oft Verhaltensweisen, die dem Verstorbenen eigen waren, wie zum Beispiel Vorliebe oder Abneigung zu Fischspeisen, Freude am Holzschnitzen, gute Kenntnis der Tiere und Bäume im Walde, Furcht vor Pfeil und Bogen. Wenn ein Kind sehr früh stirbt, wird es oft von derselben Mutter wiedergeboren. Und die Mutter weiß es. –

Meine Mutter nahm meine Erzählungen verständnisvoll auf, und wenn ich über die Erinnerungen in Traurigkeit verfiel, dann nahm sie mich in die Arme und tröstete mich. – Mit der Zeit verloren sich diese frühen Erinnerungen an ein vorhergehendes Leben, und heute weiß ich nur noch davon, weil meine Mutter mir später davon erzählte. –

Meine Mutter ist eine schöne Frau. Sie hat nur mich als einziges Kind. Wenn sie mich an sich drückt, spüre ich noch

---

[1] Wiedergeburt, in Übereinstimmung mit den Ergebnissen der modernen Reinkarnations-Forschung, s. Anlage 5

etwas von der Seligkeit jener Zeit, als sie mich an ihre Brust legte. Es war für sie die Zeit des höchsten Mutterglücks gewesen und für mich ein Gefühl der unendlichen Geborgenheit und einer Wonne, die ich so nie wieder gekannt habe. Ich war zu einer Zeit, mit zehn oder zwölf Jahren, verliebt in meine Mutter und hätte sie am liebsten geheiratet. Die Frau, die ich einmal heiraten werde, muss so sein wie meine Mutter. –

03. Der Pfeil, der nicht traf

Soweit ich zurückdenken kann, habe ich oft Dinge gesehen, die für andere nicht sichtbar waren. Als ich einmal krank war und mit Fieber auf der Matte lag, sah ich in unserem Haus eine helle, wunderschöne Gestalt, die mir einen Trank gab, der aus nichts bestand oder aus Luft oder aus Geist, und nach zwei Tagen war ich wieder gesund. Ich schilderte meiner Mutter diese schöne Gestalt, und sie sagte, es sei ein Engel gewesen, und zwar ein Engel, der die Aufgabe hat, kleine Kinder zu heilen. Ich fragte:

„Mama, die Medizinfrau hat mir auch einen Trank gegeben, der sehr bitter schmeckte. Welcher Trank hat denn nun geholfen: Der von der Medizinfrau oder der von dem Engel?"

Meine Mutter antwortete:

„Ich fürchte, du warst sehr krank. Dann haben die beiden zusammengearbeitet. Unsere gute Medizinfrau hat dir mit den Kräutern aus dem Walde geholfen und der Engel mit einem geistigen Getränk aus dem Himmel."

Ich fragte: „Mama, wo ist der Himmel?", und erhielt die Antwort:

„Wie du weißt, gibt es Wesen, die keinen festen Körper haben. Das sind die Wesen, die du manchmal in deinen Träumen siehst. Davon gibt es viele, so zum Beispiel die Feen, die Elfen, die Gnome und die Zwerge, die in der Natur leben, im Walde oder am Fluss. Dann gibt es noch die anderen, die nicht hier bei uns im Walde leben oder am Fluss, das sind die Engel und die Seelen der Toten, die in einer anderen Welt leben; wir nennen diese andere Welt den Himmel."

Ich fragte: „Haben die Engel im Himmel einen Körper, den man anfassen kann?"

„Du solltest jetzt besser schlafen, mein Kind."

„Haben die Seelen der Toten im Himmel einen Körper, den man anfassen kann?"

Mama gab mir einen dicken Kuss: „Gute Nacht, mein Kind; morgen bist du wieder gesund." –

Ein andermal sah ich einen Mann den Weg durch das Dorf schreiten, den die anderen Kinder nicht sahen. Er ging in ein Haus, in das Haus, in dem mein Onkel Milum mit seiner Familie wohnt, und verschwand darin. Auch die Leute in dem Haus haben niemanden gesehen. In den folgenden Nächten haben sie unruhig geschlafen, bis sich mein Onkel Milum entschloss, das vernachlässigte Grab seines Vaters Dulgur in Ordnung zu bringen und einen Zaun darum herum zu bauen, da häufig Hasen das Grab abernteten. –

Manchmal sah ich im Traum in die Zukunft. So träumte ich eines Nachts, dass meine Mutter auf dem Wege hinfiel und sich den Fuß verstauchte. Ich war erstaunt, als genau das am nächsten Tage geschah, und ich fragte mich, ob ich nicht besser meine Mutter gewarnt hätte. –

Stürme und Regen vorherzusehen war für mich normal, doch das konnte Großvater auch. Schwierig war es für mich, wenn ich etwas Unangenehmes oder gar ein Unglück vorhersah. So sah ich einmal im Traum, wie eine Rotte Wildschweine bei uns ins Dorf einfiel und zwei Hütten verwüstete. So geschah es eine Woche darauf, und ich machte mir Vorwürfe, dass ich es niemandem gesagt hatte.

Einmal hatte ich Garann von einem Traum erzählt, in welchem ein Blitz in den höchsten Baum am Rande unseres Dorfes einschlug. Garann lächelte ungläubig, und dann, als zwei Tage später der Baum vom Blitz zerfetzt wurde, sah er mich erstaunt und immer noch ungläubig an.

Manchmal wünschte ich mir, nicht in die Zukunft sehen zu können. Doch einmal konnte ich Garann, den Sohn Milum's, warnen, er würde bei der Jagd von einem Pfeil getroffen werden. Tatsächlich entstand bei der nächsten Jagd eine unglückliche Lage, in der Garann hätte von einem Pfeil getroffen werden können, wenn er nicht auf Grund meiner Warnung besonders vorsichtig gewesen wäre. Er hatte sich nämlich hinter einem Baum versteckt, um einem Wildschwein aufzulauern, als just das Wildschwein vor dem Baum herlief und ein Jäger einen Pfeil auf es abschoss.

Milum's Sohn Garann und ich waren stets herzlich miteinander verbunden. Ich hatte das Unglück so deutlich vor mir gesehen und war so in Sorge gewesen, dass ich nicht nur ihn gewarnt hatte, sondern zu Großvater gegangen war, um mir Rat zu holen. Großvater hatte meine Sorge verstanden und mich zu einem Zauberer geschickt, welcher einen geheimen Gegenzauber vorschlug. Der Zauberer war der Meinung, dass dort magische Kräfte im Spiel seien, um Milum und seinem Sohn zu schaden, und dass es besser sei, einen Gegenzauber anzuwenden.

Der Zauberer lud mich ein, bei seiner Arbeit dabei zu sein. Er hielt mich wohl für den wiedergeborenen Dulgur, was ich nicht abstreiten musste, da er es nicht aussprach. Wir zogen uns zurück in einen dunklen Raum in seinem Hause, wo er eine Kerze anzündete und seine Gerätschaften bereitlegte. Ich hatte gar nicht bemerkt, dass er inzwischen ein mit magischen Zeichen verziertes Kleid angezogen hatte.

Zunächst setzte er sich an ein Tischchen, auf das er die Kerze gestellt hatte, und fiel offenbar in tiefe Besinnung. Nach einer Weile stand er auf, klatschte laut in die erhobenen Hände und rief unverständliche Worte aus. Dann griff er zu einer Trommel und schlug sie mit einem Schlägel, zunächst langsam, dann immer schneller werdend, bis zu einer erstaunlichen Geschwindigkeit, der ich beim Zuhören kaum folgen konnte, und er begleitete das Trommeln mit Worten, die er mehr sang als sprach.

Plötzlich brach er ab, setzte sich wieder hin und ordnete geschäftig, fast hastig, ein paar Muscheln und Knochen auf seinem Tischchen immer hin und her, so als sei er nicht zufrieden mit der Anordnung. Schließlich schien es ihm zu gefallen; er starrte das entstandene Muster an und fiel wieder in Versenkung.

20

Nach langer Zeit wachte der Zauberer auf, tat so, als sei nichts geschehen, hatte unbemerkt sein magisches Gewand abgelegt, und wir saßen noch eine gute Weile schweigend beisammen. –

In diesem Falle hatten alle mir geglaubt, zu meiner Erleichterung. Bei Großvater war es nicht verwunderlich, denn er kannte mich gut und konnte selbst Dinge vorhersehen. Milum's Sohn Garann und der Zauberer glaubten mir ebenfalls, zum Glück.

Es gelang mir mit der Zeit, meine Blicke in die Zukunft weniger wichtig zu nehmen oder sie gar nicht zu beachten, so dass ich weniger Schwierigkeiten damit hatte, bis …, ja, bis zu meiner großen Schauung.

04. Fragestunde bei Großvater

Als ich vierzehn Jahre alt war, war meine Wissbegier so groß und allgemein bekannt geworden, dass Großvater schier verzweifelte und nach einem Ausweg suchte. Ich hatte ihn schon tausend Sachen gefragt, und er hatte immer geduldig geantwortet, so gut er konnte. Er wusste schon recht viel, aber manchmal ging es ihm dann doch zu weit.

So fragte ich Großvater einmal, wieso die meisten Wochen sieben Tage haben, manchmal eine Woche jedoch acht. Er antwortete:

„Sohn meiner Tochter! Du fragst mich mehr, als ein alter Mann beantworten kann. Wir müssen manchmal einen Wochentag einschieben, weil sonst der Himmel durcheinanderkommt. Vollmond, Halbmond und Neumond müssen immer auf einen Mondentag fallen. Ein zusätzlicher Tag wird alle vier Wochen eingefügt, außer im tiefsten Winter. Dann gibt es eine Unregelmäßigkeit, die kein Mensch verstehen kann. Zum Jahreswechsel treffen sich die Weisen Männer im Versammlungshaus eines der befreundeten Dörfer, um alle anstehenden wichtigen Angelegenheiten zu besprechen. Bei dieser Gelegenheit beraten sie auch über den achten Tag am Jahresende. Im Zweifel folgen sie dem Rat des Weisen vom Dorfe am Berg, deinem Guru. Der weiß am besten Bescheid über den Lauf der Sterne."

Was meint er mit ‚Guru'? Das ist kein Wort unserer Sprache! Großvater ist manchmal etwas verwirrt. Mit seiner Antwort bin ich nicht zufrieden, denn ich würde es gerne genauer wissen. Nach und nach erfahre ich, wie es sich verhält:

Der achte Tag wird Erdentag genannt und wird stets nach dem Venustag eingelegt. Die Tage der Woche sind nach den Himmelskörpern benannt und heißen: Sonnentag, Mondentag, Marstag, Merkurtag, Jupitertag, Venustag, Saturntag, und manchmal der achte Tag: Erdentag. Der Erdentag ist immer etwas Besonderes: Da wird alles nur Mögliche getan zur Pflege der Mutter Erde, indem überall der Boden gereinigt und gerecht wird, die Bäume werden von falschem Geäst befreit und alles, was so herumliegt, wird beseitigt; die Häuser werden frisch geschmückt. Nachher sieht das ganze Dorf wie neu aus, und am Abend gibt es auf dem Dorfplatz Musik und Tanz und für alle etwas Gutes zu essen.

Die Menschen in unseren Dörfern sind fast immer gut gelaunt und fröhlich, doch am Erdentag ist die Stimmung noch heiterer, da wir alle wissen, dass wir die Kinder der Mutter

Erde sind, und dass sie uns schützt und nährt. Es herrscht eine Stimmung der Dankbarkeit und der engen Verbundenheit. –

Eine andere Stimmung herrscht bei uns, wenn wir Angst haben vor einem Unwetter und vor Blitz und Donner. Noch eine andere Stimmung gibt es, wenn jemand krank ist und wir alle für ihn sorgen und beten. –

Einmal fragte ich Großvater, warum es im Sommer warm und im Winter kalt ist. Großvater antwortete:

„Sohn meiner Tochter! Es hängt mit der heiligen Sonne zusammen. Denn sie ist es, die uns die Wärme spendet. Im Sommer steht sie hoch am Himmel; dann kann sie uns besser sehen und erwärmen. Im Winter steht sie tiefer und geht früher unter; dann sieht sie uns weniger gut und wärmt uns weniger. Das ist der Lauf der Dinge: Alles vergeht, und alles kommt wieder."

„Großvater, wo bleibt die Sonne denn in der Nacht? Sieht sie uns dann überhaupt nicht?"

„Dhoaram, mein lieber, guter Enkel! Sie verschwindet am Abend hinter dem Wald im Westen, und sie kommt am Morgen über dem Wald im Osten wieder hervor. In der Nacht schläft sie, so wie wir Menschen, und schließt ihre Augen. Dann sieht sie uns nicht und schickt uns auch kein Licht. Licht ist Wärme, und Wärme ist Leben; also wird man sagen können: Licht ist Leben."

„Großvater, hast du nicht einmal gesagt, dass es eine Zeit gab, als es immer kalt war, und überall waren Eis und Schnee, und die Menschen hatten nichts zu essen und mussten sterben? War zu jener Zeit die Sonne verschwunden?"

Ich hatte, und habe immer noch, ein gutes Gedächtnis für alles, was ich je gehört habe, und ich bewege es in meinem Herzen. So denke ich immer über die Sonne nach, wenn ich sie am Himmel sehe, ob sie morgen wiederkommen wird, oder ob sie eines Tages ganz verschwunden sein wird? Die Kälte, die wir im Winter erleiden müssen, sie ist mir ein Graus, und noch viel kälter und immer kalt, das macht mir Angst. Großvater antwortete:

„Dhoaram, mein Lieber! Dass es so kalt war, das ist lange Zeit her. Mein Großvater hat es nicht erlebt, und dessen Großvater hat es auch nicht erlebt. Wir wissen davon nur aus den Erzählungen der Bewahrer unserer Geschichte, und du kannst deine Mutter fragen, denn sie ist eine große Geschichtenerzählerin, wie du weißt. Außerdem wissen wir es aus dem gemeinsamen Gedächtnis unseres Volkes."–

Für jenen Tag war die Fragestunde bei Großvater beendet, denn er war alt und ermüdete leicht. Ich nahm mir vor, meine Mutter bei nächster Gelegenheit nach der kalten Zeit zu fragen, die so lange her ist, dass niemand sie selbst erlebt hat, und ob die kalte Zeit wiederkommen werde. –

Meine Mutter hatte uns viele Geschichten erzählt, als wir noch kleiner waren; es waren solche Geschichten, die wir Märchen nannten, die von Feen und Elfen und Zwergen und von großen und kleinen Menschen handelten und von Zauberern und von weisen Frauen. Aber über die Sonne hatte sie noch nicht viel erzählt, wo sie nachts bleibt und ob sie am nächsten Morgen sicher wiederkommen wird.

Zudem war es wohl so, dass meine Mutter auch von alten Zeiten erzählt und wie die Welt entstanden ist, und wie die Pflanzen, die Tiere und die Menschen geschaffen wurden, aber das hatte sie nicht uns Kindern erzählt, sondern sie erzählt es den Erwachsenen und vor allem den Neueingeweihten in dem Jahr nach der ersten Einweihungsfeier. Ich hatte darüber eine Vermutung, weil ich hier und da etwas aufgeschnappt hatte, doch Genaueres wusste ich nicht. –

Schon drei Tage später erwischte ich Großvater wieder bei guter Laune, und es kam, was kommen musste: Ich setzte mich unhöflich hin und starrte ihn an, und mein guter Großvater setzte sich neben mich.

Es war unmöglich, dass ein Kind sich hinsetzt, wenn ein älterer Mensch noch steht. Aber Großvater war sehr nachsichtig mit mir; manchmal zu sehr, so dass meine Mutter, seine Tochter, ihn deswegen tadelte. Großvater strahlte die Gelassenheit des Alters aus. Hinzu kam, dass er offenbar eine Wertschätzung für mich hatte, wie ich seinen Worten entnahm, wenn er mich ‚mein kleiner weiser Mann‘ nannte oder ‚mein kleiner Wissender‘. Das waren Koseworte, die niemand so recht ernst nahm; mir blieben sie im Herzen und verbanden mich umso tiefer mit ihm.

„Großvater, warum hat meine Mutter nur mich, und die anderen Mütter haben meistens zwei oder drei Kinder? Und unsere Nachbarin hat sogar fünf Kinder!"

Großvater sah mich erstaunt an: „Das haben wir nun davon, dass wir dir die Zahlen beigebracht haben: Jetzt zählst du schon, wie viele Kinder eine Frau hat!"

„Großvater, sage es mir!"

„Das ist eine Angelegenheit, die nur die Frauen etwas angeht. Alles, was mit der Zeugung, mit der Schwangerschaft und mit der Geburt zusammenhängt, ist Frauensache, und wir Männer wissen nichts darüber."

„Halten sie es geheim?"

„Ja! Sie erzählen uns nichts, sie beraten sich nur unter sich, und bei einer Geburt sind nur die Frauen anwesend. Wir Männer würden es auch nicht verstehen, wenn sie uns etwas darüber mitteilen würden." Großvater wirkte enttäuscht.

„Bei der Zeugung ist doch der Mann dabei! Was ist das überhaupt, die Zeugung?"

„Mein lieber, guter Enkel!" Es entstand eine Pause.

„Dhoaram, du kommst jetzt in das Alter, wo du etwas über diese Dinge erfahren solltest. Ich glaube, dass du schon mehr darüber weißt, als du vorgibst zu wissen." Pause. „Eine Zeugung findet statt, wenn ein Mann und eine Frau beisammen sind und sich eng umarmen. Was dann geschieht, hast du schon oft beobachtet, wenn Hunde oder Schweine oder Hühner sich paaren; das ist von der Natur so vorgegeben. Tiere haben keine Scham und paaren sich in der Öffentlichkeit, wenn jeder es sehen kann. Menschen tun es nur, wenn sie allein sind und in der Nacht. Vorzugsweise schlafen Menschenpaare in der Nacht des Vollmonds miteinander, denn nur dann

26

kann eine Frau schwanger werden und ein Kind bekommen. Wenn die beiden beisammen sind, und der Vollmond ist mehr als zwei Tage entfernt, vorher oder nachher, dann wird die Frau nicht schwanger." [2]

„Großvater, du weißt doch sehr viel darüber, obwohl du ein Mann bist!"

„Das ist nun aber wirklich alles. Das ist das wenige, was wir Männer darüber wissen dürfen und wissen müssen."

Nach einer Weile fuhr Großvater fort:

„Überhaupt, wir leben mit dem Mond. Er bestimmt, wann wir einen Baum fällen, um Holz zum Bau eines Hauses zu bekommen, er bestimmt, wann wir im Garten säen und ernten, und wann wir auf die Jagd gehen; er herrscht über Empfängnis, Geburt und Tod; er begleitet Gesundheit und Krankheit. Daher ist es so eingerichtet, dass Vollmond, Halbmond und Neumond immer auf den Mondentag fallen, und deshalb haben wir manchmal Wochen zu acht Tagen."

Das war nun wirklich viel! Ich schwieg, weil ich wusste, Großvater hatte sich für heute verausgabt. Nach einer Zeit der Stille verabschiedeten wir uns, wie Männer es tun, und wünschten uns eine gute Nacht. –

05. Ein neuer Lehrer

Großvater, Milum und der Heiler aus dem Dorf am Fluss treffen sich heute bei uns im Versammlungshaus. Ich habe mich schon oft gewundert, dass wir in unserem Dorf keinen Weisen

---

[2] Lunaception, siehe Louise Lacey im Literaturverzeichnis

Mann haben, der so bezeichnet wird. Wenn die Weisen Männer der Dörfer sich treffen, sind von unserem Dorf meist Großvater und Milum dabei. Milum ist der Sohn Dulgur's, der schon verstorben ist, und Milum's Sohn Garann ist ein Enkel Dulgur's. Bei der nächsten Gelegenheit werde ich Großvater fragen, warum wir bei uns im Dorf keinen Weisen Mann haben.

Im Augenblick findet eine Versammlung im Haupthaus statt, ohne dass man außerhalb weiß, was es zu bereden gibt. Manchmal werden während einer Versammlung der Weisen Männer ein Bote und eine Botin in das Frauenhaus geschickt, um eine Botschaft dorthin zu überbringen und um auf dem Rückweg wieder eine Botschaft ins Versammlungshaus zurückzutragen.

Das Frauenhaus ist kleiner als das Versammlungshaus und wird nicht für Feiern oder Festlichkeiten benutzt. Es ist besonders schön geschmückt, und niemals darf ein Mann es betreten. – Eine entsprechende Regel gibt es für das Versammlungshaus nicht, weil dort auch Feste gefeiert werden.

Die Weisen Frauen hatten gewusst oder geahnt, dass sie eine Botschaft empfangen werden und dass eine Antwort erwartet würde. Erst später erfuhr ich, was sich dann ereignet. Es gibt zwei Möglichkeiten: Entweder brauchen die Männer einen Rat, oder sie brauchen bei wichtigen Entscheidungen die Zustimmung der Weisen Frauen.

Während die Männer um ihre Beratungen oft ein rechtes Gewese machen und jedermann schon im Vorhinein weiß, dass sie bald tagen werden, verhalten sich die Frauen still. Die

Wahrheit ist, dass bei wichtigen Entscheidungen die Frauen das letzte Wort haben. Das ist, wie ich später erfuhr, eine unbestrittene Regel, von der es keine Ausnahmen gibt. Aus Sachen der Jagd oder der Zauberei halten sich die Frauen jedoch heraus; umgekehrt befassen sich die Männer nicht mit der Kräuterheilkunde, außer mit dem Notwendigsten, was man für den Notfall in der Wildnis braucht.

Es gibt auch Männer, die Heiler sind, diese heilen nicht mit Kräutern wie die Frauen, sondern mit feierlichen Handlungen, die schon an Zauberei erinnern. Ob man von einem Mann sagt, er sei ein Heiler oder er sei ein Zauberer, das läuft so ziemlich auf das Gleiche hinaus.

Wenn die Versammlung der Männer dem Boten und der Botin eine Nachricht mitgeben will, dann darf nur der männliche Bote das Versammlungshaus betreten, während die Botin draußen wartet. Umgekehrt darf nur die Botin das Frauenhaus betreten, wenn die Nachricht nach dorthin überbracht wird. Auf die Rückwege ist es dann ebenso.

Wie es unter diesen Umständen möglich ist, die Nachrichten sicher zu übermitteln, weiß ich bis heute nicht, da ich noch niemals Mitglied der Versammlung der Weisen Männer und auch kein Bote gewesen bin.

Die Boten und Botinnen benachrichtigen auch zwischen den Dörfern. Sie sind geschulte junge Leute, die für diese Aufgabe ausgewählt und eingewiesen sind. Sie müssen verschwiegen sein, ein hervorragendes und unfehlbares Gedächtnis haben, und sie müssen weite Strecken, ohne zu ermüden, laufen und sich unter schwierigsten Umständen durch die

Wildnis kämpfen können. (Obwohl die Pfade, die die wichtigsten Verbindungen zwischen den Dörfern sind, regelmäßig gepflegt und freigehalten werden).

Daher unterziehen sich die Boten und Botinnen oftmals Übungen im Gelände und Unterweisungen durch ältere Boten und Botinnen, die sich die Hochachtung der Bewohner der Dörfer schon früher erworben haben. Wenn sie keine Botendienste verrichten, gehen die Boten und Botinnen anderen Beschäftigungen nach, die sie auf ihr Leben danach vorbereiten, denn mit etwa 30 Jahren müssen sie diese Tätigkeit aufgeben.

Als nun die Versammlung der Männer beendet ist – Bote und Botin hatten zwischen den Männern und Frauen vermittelt – werde ich ins Versammlungshaus gerufen, wo mich Großvater, mein Onkel Milum und der Heiler aus dem Dorf am Fluss erwarten. Mir schlägt das Herz bis zum Halse, denn so etwas gab es noch nie, da ich noch nicht einmal die Weihe zum Jungmann, geschweige denn zum Erwachsenen erhalten habe. Was geht vor?

Nachdem ich respektvoll eingetreten bin, begrüßen mich die drei wohlwollend, deuten mir an, mich vor sie hinzustellen, und der Heiler vom Dorfe am Fluss spricht zu mir:

„Dhoaram, Sohn der Geschichtenerzählerin, wir kennen dich alle als den Wissbegierigen. Das ist eine gute Eigenschaft, denn wenn du Vieles und Gutes weißt, kannst du damit der Gemeinschaft dienlich sein. Da du noch nicht eingeweiht bist, kennen wir deine Lebensaufgabe noch nicht. Doch dein Verhalten deutet schon auf einiges hin."

Es entsteht eine Pause. Mir ist schwindlig. Ich sehe die Männer wie durch einen Schleier. Sie sind riesengroß, obwohl sie auf ihren Matten sitzen, und ich bin winzig klein, obwohl ich stehe. Ich reiße mich zusammen, damit ich nicht umfalle. Der Heiler fährt fort:

„Wir wollen dir helfen, vieles von dem, was du wissen willst und was du wissen sollst, zu erfahren. Dein ehrwürdiger Großvater hier rechts neben mir hat dir schon so manche Frage beantwortet." Zu Großvater gewandt:

„Mein lieber Stammesbruder und Großvater Dhoaram's, mit der größten Hochachtung danke ich dir für alles, was du für unser Volk getan hast, und in Sonderheit danke ich dir für die vielen Belehrungen, die du unserem Stammessohn Dhoaram, deinem Enkel, hast zuteil werden lassen."

Dann wieder zu mir gewandt:

„Mein Sohn Dhoaram, du sollst weitere Belehrungen erhalten, und zwar haben wir deinen Onkel Milum gebeten, dir regelmäßigen Unterricht zu geben und all sein Wissen mit dir zu teilen."

Zu Milum gewandt:

„Mein lieber Stammesbruder Milum, wir danken dir herzlich für deine Bereitschaft, Dhoaram zu unterrichten. Soweit du es wünschest, werden wir dich dafür von anderen Gemeinschaftsaufgaben freistellen."

Ich fühle mich gelöster, als ich sehe, dass der Weltuntergang doch nicht stattfindet. Die Stimmung ist feierlich, obwohl außer mir nur diese drei Männer anwesend sind. Wie wird es erst bei meiner Einweihungsfeier zugehen?

Wieder zu mir gewandt, spricht der Heiler:

„Dhoaram, du wirst vieles von deinem Onkel Milum erfahren, was dir und uns allen nützlich sein wird. Ich bitte dich, diese wunderbare Gelegenheit in Dankbarkeit wahrzunehmen. Denke stets daran, dass das Wissen des Verstandes nur einen Teil des Wissens eines erfahrenen Menschen darstellt. Der andere Teil ist das Wissen des Herzens."

Ich bringe kein Wort heraus. Ich verbeuge mich tief vor jedem der drei, laufe hinaus und renne zu meiner Mutter, die mich in ihre Arme schließt. –

06. Die Lehren Milum's

Mein Onkel Milum ist ein Mensch, zu dem man nicht so leicht Zugang findet. Er ist im Dorf geachtet, doch hat kaum jemand ein wirklich herzliches Verhältnis zu ihm. Er ist stets höflich, doch zurückhaltend, und man weiß nie so recht, was er denkt.

Milum war auf der Wanderschaft nach seiner ersten Einweihung lange fortgewesen und kam erst nach sechs Jahren so völlig verändert zurück, dass niemand ihn wiedererkannte. Was er dort draußen erlebt hatte, weiß bis heute, wo er mir als Lehrer zugewiesen wird, niemand. Später, als ich schon lange Zeit sein Schüler gewesen bin und sein Vertrauen gewonnen habe, und als ich meine große Schauung gehabt habe, wird er mir einiges von seinen Erlebnissen erzählen, die ihn so stark verändert haben.

Milum hat ein großes Wissen, denn wenn er irgendetwas gefragt wird, kann er fast immer eine vollständige Antwort geben. Jedoch drängt er niemandem sein Wissen oder seine Ratschläge auf. Man muss ihn schon fragen, damit er etwas preisgibt.

Bei den Arbeiten im Dorfe und im Walde und bei der Jagd ist er immer zur Stelle und fleißig dabei, ohne viele Worte zu machen. Er ist ein geschätztes Mitglied der Gemeinschaft, gehört aber irgendwie nicht so richtig dazu. Doch hat er offenbar die Wertschätzung der Weisen Männer.

Mein eigenes Gefühl zu ihm zu der Zeit, als ich ihm als Schüler anvertraut werde, besteht aus Neugier, Wissensdurst und Bewunderung. Seine Zurückhaltung gestattet mir eine bescheidene, achtungsvolle Verhaltensweise, die einem Schüler, der so viel jünger ist, ansteht.

Die Unterrichtsstunden bei Milum gestalten sich von vornherein, vor allem stimmungsmäßig, anders als bei meinem Großvater. Mein Großvater war mir liebevoll zugetan, und es kam durchaus vor, dass ich ihm vor lauter Begeisterung und Zuneigung um den Hals fiel und ihm einen Kuss auf die Wange gab. Nicht so bei Milum. Dieser begreift unseren Unterricht als einen Dienst an der Gemeinschaft, die er sehr ernst nimmt, und so verhalte ich mich auch, als ich es verstanden habe. –

Unsere erste Stunde [3] beginnt, indem Milum mich fragt:

---

[3] germanisch = *stand = Haltepunkt im Zeitverlauf, dann feststehende, festgesetzte Zeit, Zeitraum. Erst ab 15.Jh. unsere Stunde nach der Uhr.

„Wie verliefen deine Gespräche mit deinem Großvater?"

Ich erzähle es ihm. „Gut", sagt er, „dann frage etwas."

Ich bin begeistert. Wundervoll! Er bestimmt die Art und Weise, wie der Unterricht geführt werden soll, und ich darf fragen!

Sofort fallen mir all die Fragen wieder ein, die ich schon meinem Großvater gestellt hatte. Doch zunächst will ich etwas anderes wissen:

„Onkel Milum, wenn ich mich mit Garann verabreden will, dann weiß ich oft nicht, was ich sagen soll, um den Zeitpunkt der Verabredung festzulegen. Deshalb kommen wir manchmal nicht zum gleichen Zeitpunkt an dem Ort an, zu dem wir uns verabredet haben."

Um genau zu sein: Manchmal klappt es aber doch. Manchmal weiß ich einfach, wann Garann dort losläuft, wo er gerade ist, und wir sind zur gleichen Zeit zur Stelle. Das geht aber nicht immer. Ich weiß nicht, woran es liegt.

Milum nimmt zu meiner Frage Stellung:

„Wir bestimmen einen Zeitpunkt gewöhnlich nach dem Stand der Sonne. Das erfordert einige Erfahrung, die du bald bekommen wirst. Sonnenaufgang und Sonnenuntergang sind leicht zu erkennen. Gut ist es zu wissen, wo Süden ist. Der Süden liegt in der Mitte zwischen den Punkten, wo die Sonne aufgeht und wo sie untergeht. Diese beiden Punkte verschieben sich zwar im Jahreslauf, doch der Süden bleibt immer an derselben Stelle. Wenn du an einem festen Ort lebst, dann kannst du dir ganz einfach merken, wo Süden ist."

Milum legt eine Pause ein, schaut mich an, als ob er fragen wollte, ob ich ihn verstanden habe, und fährt dann fort:

„Wenn du dich zu Mittag verabreden willst, dann verabredest du dich zu dem Zeitpunkt, an dem die Sonne im Süden steht. Das ist zugleich der Zeitpunkt, an welchem die Sonne am höchsten steht und die Bäume die kürzesten Schatten werfen.

Zwei andere Zeitpunkte, die gut zu ermitteln sind, sind die Mitte des Vormittags und die Mitte des Nachmittags. Zu diesen Zeitpunkten steht die Sonne in der Mitte zwischen dem Punkt, wo sie aufgeht und dem Süden, oder in der Mitte zwischen Süden und dem Punkt, wo sie untergeht. Das setzt voraus, dass man sich gemerkt hat, wo die Sonne aufgeht und wo sie untergeht; diese Punkte verschieben sich, wie gesagt, im Laufe des Jahres, aber nur langsam."

Obwohl Milum langsam und deutlich spricht – ich empfinde seine Stimme und die Stimmung als angenehm – so ist das doch schon ein bisschen viel auf einmal. Milum bemerkt meine Erschöpfung und sagt nach einer Weile:

Ich glaube, das war wirklich genug für heute. Nächstens können wir darüber sprechen, was man machen kann, wenn die Sonne nicht scheint oder wenn es Nacht ist." –

Je länger ich bei Milum Unterricht nehme, desto mehr bewundere ich sein Wissen. Er scheint fast alles zu wissen, und wenn er etwas nicht weiß, dann gibt er dies rundheraus zu. –

Milum scheint Gedanken lesen zu können. Einmal sprachen wir gerade über die Gefährlichkeit der schwarzen Eber im Walde und wie man sich vor ihnen schützt, als mir plötzlich einfiel, dass Mutter mich für den Nachmittag gebeten hatte, Holz zu holen und Feuer zu machen, denn sie wollte ihre Nachbarn an dem Abend mit Schweinebraten verwöhnen, wovon ich die braune Kruste am liebsten mag.

Ich hatte schon gelernt, Feuer zu machen, worauf ich stolz war. Ohne dass ich irgendetwas gesagt hatte, unterbrach Milum seine Rede und sprach:

„Ach, wenn du Holz holen musst, dann machen wir jetzt besser Schluss."

Ein andermal sprachen wir über die Ausrüstung für eine längere Wanderung, und mir kam die besorgte Frage in den Sinn, was man denn braucht, um einen Fluss zu überqueren. Ohne dass ich ein Wort gesagt hätte, fuhr Milum in seiner Rede fort:

„... übrigens, für den Fall, dass man einen Fluss überqueren muss, ..."

Solche Gedankenleserei kommt häufig vor, so dass ich heute überzeugt bin, dass er dies wirklich kann. Erst viel später, nach vielen langen Gesprächen, als Milum und ich miteinander vertraut sind, können wir darüber offen sprechen, und er gesteht mir, dass die Gabe des Gedankenlesens eine Bürde sei, die er keinem wünsche, und die er lieber nicht hätte. Diese Gabe ist wohl einer der Gründe für seine Schweigsamkeit. –

Bei einer anderen Gelegenheit frage ich Milum:

„Wo wir nun wissen und gelernt haben, dass die Tiere unsere Brüder und Schwestern sind, die sogar in mancher Hinsicht edlere Geschöpfe sind als wir Menschen, wie kann es dann sein, dass wir sie jagen, töten und aufessen?"

Milum spricht ernst:

„Die Tiere sind wahrlich unsere Brüder und Schwestern. Wir leben mit ihnen und mit ihrer Hilfe. Sie brauchen wiederum unseren Schutz und unsere Hilfe. Sie verdienen all unsere Liebe und Fürsorge, so wie sie uns lieben und umsorgen."

Ich warte noch auf eine Antwort. Milum fährt fort:

„Die Tiere dienen auch zu unserer Ernährung. Wenn wir auf die Jagd gehen, dann fragen wir vorher die Geister der Tiere, ob wir die Tiere jagen dürfen. Erst wenn wir die Zustimmung der Geister der Tiere haben und die Zustimmung der Geister des Waldes, dann jagen wir, sonst nicht. Selbst wenn wir sonst hungern müssten, so ertragen wir lieber diesen Hunger, als dass wir Tiere ohne Erlaubnis jagen würden.

Nicht selten kommt es vor, dass ein Tier, dessen Einverständnis wir haben, es zu jagen, sich uns anbietet: Es zeigt sich uns Jägern ohne Scheu, läuft nicht fort und lässt sich erlegen. Es ist wichtig, dass ein guter Jäger dem Tier so wenig Schmerzen zufügt wie möglich; die Jagd und das Erlegen eines Wilds sind ehrfurchtsvolle Handlungen, die mit Achtung vor dem Tier, vor der Natur und mit Dankbarkeit vollzogen werden.

Es ist gut, zu hungern. Wie du weißt, haben wir manchmal viel zu essen und manchmal gar nichts. So ist das Leben in der Wildnis; anders ist es nicht. Das ist dieses wundervolle Leben in dem großen Garten der Mutter Erde. Wir sind die Kinder der Mutter Erde, die uns nährt und mit allem versorgt, was wir zum Leben brauchen."

Ich sitze schweigsam und staunend da, verabschiede mich dann stumm mit den Gesten der Dankbarkeit und gehe still nach Hause. –

Bei einer anderen Gelegenheit kommt Milum auf meine Frage zurück. Er bittet um meine Verschwiegenheit und sagt:

„Der Weise im Dorfe am Berg isst gar kein Fleisch und keinen Fisch. Er ernährt sich nur von Pflanzen, wie zum Beispiel von Blättern, Beeren, Früchten, Nüssen, Samen, Wurzeln, Knollen, Stängeln, Körnern, Blumen, und von Erde. Er ist weise und hoch geachtet. Wenn er bei einer Versammlung der Weisen Männer der Dörfer unserer Nachbarschaft anwesend ist, dann hat er die höchste Wertschätzung von allen."

Ich frage: „Warum haben wir in unserem Dorfe keinen Alten Weisen Mann?"

Milum schaut mich lange an und spricht:

„Wir hatten einen, den alten Dulgur. Er starb, ein Jahr bevor du geboren wurdest. Er war hoch geehrt. Er starb in den Armen seiner Frau, meiner Mutter. Ich, Milum, bin Dulgur's Sohn. Er erschien meiner Mutter noch ein paarmal in strahlendem Licht, bevor er für immer verschwand. Meine Mutter war glücklich, ihn so gesehen zu haben, und sie sprach auf ihrem Sterbebette, dass sie nun zu Dulgur gehe. Danach hat es in unserem Dorfe keinen Alten Weisen Mann mehr

38

gegeben. Doch wir sind es zufrieden, da die Weisen Männer aus den anderen Dörfern oft zu uns kommen und uns gut beraten."

Ich hatte schon früh Milum versprechen müssen, von den Dingen, die ich im Unterricht erführe und die sich auf einzelne Menschen beziehen, nichts weiterzuerzählen. Versprechen gelten in unserem Volke als unbedingt zu halten, und so ist dies für mich eine edle Verpflichtung und keine Schwierigkeit. Heute habe ich das Gefühl, dass etwas angesprochen wird, was sich nicht für Gespräche mit anderen Menschen eignet. Manchmal weiß ich nicht recht, ob etwas im Dorfe ein Geheimnis ist oder nicht.

07. Mein Großonkel Dulgur

Nach und nach wurde mir klar, dass man mich im Dorfe für die Wiedergeburt Dulgur's, meines Großonkels, hielt. Dies erklärt vielleicht die Aufmerksamkeit, die man mir schon als Kind entgegenbrachte, und die Freiheiten, die man mir gewährte. Ich hatte jedoch niemals Erinnerungen an ein früheres Leben als Dulgur und hielt dies und halte es auch heute noch für einen Irrtum, obwohl es eine Ehre ist, als Wiedergeburt eines so bedeutenden Mannes angesehen zu werden. Ich will es genau wissen und bitte Dulgur, mir im Traum zu erscheinen. Er erscheint tatsächlich, gibt sich mir zu erkennen, lächelt mich verschmitzt an und sagt:

„Mein lieber Großneffe Dhoaram. Ich fühle mich dir sehr verbunden. Ich bin bereits wiedergeboren; ich bin ein Jahr jünger als du, und wir werden uns begegnen. Du wirst mich nicht sofort als Dulgur erkennen, doch du wirst sogleich wissen, dass wir von Herzen einander zugehören. Erst später wirst du bemerken, dass ich der wiedergeborene Dulgur bin."

Ich sehe mir im Traum den Dulgur genau an, um ihn vielleicht doch gleich wiederzuerkennen, aber es gelingt mir nicht, ihn deutlich wahrzunehmen. Da ich mich seit langem mit einer schwierigen Frage herumquäle, und da ich weiß, dass Dulgur ein Großer Weiser gewesen war, frage ich ihn im Traum:

„Großonkel Dulgur, werden alle Menschen wiedergeboren?"

Dulgur antwortet:

„Die meisten, aber nicht alle. Wenn ein Mensch schon viele Leben gelebt hat und in seiner Liebe zu den Menschen, zu den Tieren und zu den Pflanzen Fortschritte gemacht hat, wenn er selbst alle seine Ängste durchlebt und überwunden hat, dann kann er nach seinem leiblichen Tod im Jenseits verbleiben und dort den Seelen Verstorbener bei der Aufarbeitung ihrer vergangenen Leben helfen."

Ich verstehe nicht: Die Seelen Verstorbener im Jenseits? Aufarbeitung des vergangenen Lebens? Wovon spricht er? Ich weiß in jenem Augenblick noch nicht, wie bald ich mehr über diese Dinge erfahren sollte.

Meine Wissbegierde ist stärker als mein Unverständnis, und so ergreife ich die günstige Gelegenheit und stelle noch eine weitere Frage, die mich schon lange beschäftigt:

„Großonkel Dulgur, können Menschen als Tiere wiedergeboren werden, oder umgekehrt, können Tiere als Menschen wiedergeboren werden?"

Dulgur antwortet:

„Ein lebendes Wesen auf der Erde ist nicht entweder ein Mensch oder ein Tier oder eine Pflanze, sondern es ist alles drei zugleich. Du zum Beispiel glaubst für gewöhnlich, du seiest ein Mensch und nicht ein Tier und nicht eine Pflanze. Das ist nur eine mögliche Wahrnehmung. In einer anderen Wahrnehmung bist du ein Tier, und in einer noch anderen Wahrnehmung bist du eine Pflanze. Daher ist es nicht eine Frage eines Entweder-Oder, sondern es ist stets ein Sowohl-als-Auch. Du wirst bald mehr darüber wissen."

Ich bin restlos überfordert und beschließe aufzuwachen. Es gelingt mir nicht einmal mehr, Dulgur noch rasch meinen Dank auszusprechen.

08. Milum's Mond

Milum wohnt am Rande des Dorfes, dort, wo es am hellsten ist, weil vor dem Haus keine Bäume stehen, sondern eine Wiese beginnt. Die Wiese liegt nach Süden hin, vom Dorf aus gesehen. Milum hat nicht nur mit seiner Familie zusammen ein eigenes Haus, sondern auch noch eine Hütte daneben, von der niemand so recht weiß, wozu sie da ist. Manchmal geht Milum in die Hütte hinein und kommt nach einer kürzeren oder längeren Weile wieder heraus; was er dort treibt, das weiß man nicht so recht.

Eines Tages fragt Milum mich im Unterricht, was ich wohl meine, was der Mond sei: Ein Springstein, ein Fladen oder eine Sonne?

Ich bin es gewohnt, auf Milum's Fragen zu antworten, und wenn ich die Antwort nicht sogleich weiß, dann denke ich laut nach. So sage ich:

„Eine Sonne kann er nicht sein, denn die Sonne wärmt uns, und der Mond ist kalt. Außerdem hat die Sonne immer die gleiche Form, während der Mond manchmal rund ist wie ein Kreis, manchmal ist er nur ein halber Kreis, und manchmal ist er ein schmaler, gebogener Streifen. Die Sonne macht so etwas nicht. Eine Sonne ist er nicht. Es gibt schon eine Sonne, da brauchen wir keine zweite.

Ein Springstein ist er auch nicht. Ein Springstein hüpft auf dem Wasser auf und nieder. Der Mond hüpft nicht, und ich sehe auch kein Wasser.

Schließlich ein Fladen. Was ist das, ein Fladen? Ich weiß nicht, was das ist. Also vielleicht ein Fladen?"

Milum grinst mich an:

„Gut gesprochen, Dhoaram. Lass uns in meine Hütte gehen. Ich will dir etwas zeigen."

In der Hütte ist es dunkel; Milum öffnet eine Luke, durch die sofort die Sonne hereinscheint. Das Sonnenlicht fällt auf eine weiße Kugel von der Größe eines Menschenkopfes und beleuchtet genau die Kugel und sonst nichts. Die Kugel hat eine ganz gleichmäßige Oberfläche. So etwas ebenmäßig Rundes gibt es für gewöhnlich nicht, und ich frage mich, wer wohl die Kugel gemacht habe und wozu. Es ist wieder eine der vielen Seltsamkeiten des Onkel Milum.

Milum weist mich an, mich an die Wand der Hütte zu stellen und die Kugel mit nur einem Auge zu betrachten. Zunächst sehe ich nichts Besonderes, doch dann sehe ich auf einmal die Form des Mondes kurz nach Sonnenuntergang, schmal und gebogen. Den Rest der Kugel sehe ich nur schwach. Dann wieder sehe ich, von einer anderen Stelle der Hütte aus, nur einen halben Kreis wie den Halbmond, und wenn ich in die Nähe der Luke gehe, durch die das Sonnenlicht hereinfällt, dann sehe ich die ganze Kugel hell erleuchtet, und wenn ich ein Auge zukneife, sieht sie aus wie der Vollmond.

Onkel Milum lässt mich noch eine Weile die Kugel aus verschiedenen Richtungen betrachten; immer ergeben sich diese Formen, die die des Mondes sind. Schließlich wandert das Licht der Sonne in der Hütte ein wenig weiter von der Kugel fort zur Wand hin, die Formen des Mondes verschwinden, und die Stunde ist beendet. –

In der nächsten Unterrichtsstunde sagt Onkel Milum zunächst gar nichts, doch ich weiß, er will mich etwas fragen. So antworte ich auf seine unausgesprochene Frage und platze heraus:

„Der Mond ist eine Kugel!"

Milum sieht mich ungläubig an und sagt:

„Der Mond steht am Himmel, und die Kugel ist in meiner Hütte. Wie kann der Mond also eine Kugel sein?"

Er will mich hereinlegen, oder er versteht mich nicht. Ich kenne Onkel Milum gut genug, um zu wissen, dass er mich auf die Probe stellt. So sage ich:

„Es gibt zwei Kugeln, eine in deiner Hütte und die andere am Himmel."

„So, wirklich? Wieso siehst du denn die Kugel in der Hütte in den verschiedenen Formen des Mondes?"

„Weil ich ihn aus verschiedenen Blickwinkeln betrachte."

„Ist dazu noch etwas anderes nötig?"

„Ja, natürlich. Es ist dazu nötig, dass die Kugel nicht von allen Seiten beleuchtet wird, sondern nur von einer Seite."

„Und woher kommt das Licht?"

„Von der Sonne durch die Luke."

„Und woher kommt das Licht, welches den Mond am Himmel beleuchtet?"

Ich weiß keine Antwort. Milum sagt:

„Du hast gut beobachtet und gut geantwortet. Geh jetzt schlafen. Morgen forschen wir weiter." –

Am nächsten Nachmittag sind wir wieder zum Unterricht verabredet; zunächst legen wir einen längeren Fußmarsch zurück zu einem Hügel, von wo man den Sonnenuntergang am besten beobachten kann. Milum hatte uns schon öfter hierher geführt. Ich weiß, dass der Sonnenuntergang nicht an jedem Abend ein so schönes Farbenschauspiel bietet, aber wenn Milum uns hinführt, dann ist es immer ein großartiges Erlebnis.

Für die Sinne gibt es für mich nichts Schöneres als einen so wunderbaren Sonnenuntergang mit den eindrucksvollen Wolkenformen und mit der Vielfalt der prächtigsten Farben!

An diesem Nachmittag sieht es nicht so aus, denn es sind keine Wolken am Himmel. Die Sonne nähert sich dem Rand der Erde, ohne dass wir etwas Besonderes erwarten können. Der Tag würde zur Neige gehen, die Sonne würde in eine uns unbekannte Tiefe tauchen, und die Nacht würde nach und nach herabsinken.

Milum gibt mir mit einer Geste zu verstehen, mich zu setzen, und er setzt sich neben mich.

„Diese Unterrichtsstunde ist eine Stunde der Geduld und der genauen Beobachtung. Heute ist der Himmel unser Lehrmeister. Bist du bereit?"

Ich bin bereit. Ich glaube, ich bin stets ein guter Schüler, denn ich will einfach alles kennen lernen. Und heute würde der Himmel unser Lehrmeister sein. Welches Geschenk!

Ich weiß im Voraus: Die Sonne bewegt sich langsam auf den Rand der Erde zu, wird erst hellrot und dann dunkelrot, taucht in den Rand der Erde ein, wird wie von unten abgeschnitten, bis sie schließlich hinter oder unter dem Rand der Erde verschwindet. Wenn die Sonne kurz davorsteht, unterzutauchen, ist sie umgeben von einem grünen Schimmer, der flüchtig ist, den man nicht festhalten kann.

So warte ich auf etwas, was ich schon zu kennen glaube. Die Sonne steht noch in voller Pracht am Himmel, und man kann nicht in sie hineinsehen. Wir warten. Ich weiß, dass

Geduld eine wichtige Tugend ist und übe mich bei jeder Gelegenheit darin. So ist dies wieder eine gute Übung. Ich fühle mich in Milum's Gegenwart wohl, obwohl er schweigt, und ich gebe mich meinen Tagträumen hin. Ab und zu überprüfe ich den Stand der Sonne, und wie vorherzusehen war, nähert sie sich dem Rande der Erde.

Langsam wird sie etwas röter, später kräftiger rot und dann dunkelrot, ehe sie schließlich in den Rand der Erde eintaucht. Es sind kaum Wolken am Himmel, und alles verläuft so wie erwartet. Als die Sonne unter dem Erdenrand verschwunden ist, weist Milum mich mit einer Handbewegung auf eine Stelle am Himmel, die über dem Ort liegt, wo gerade die Sonne untergegangen war. Dort steht der Mond! Ein schmaler Streifen nur, schmal und gebogen. Wenn einer unserer Töpfer eine Vase mit seinen Linien verziert, könnte er leicht eine solche Form eines Halbrunds in den Ton hineinschneiden.

Milum unterbricht die atemlose Stille und fragt mich:

„Woher kommt das Licht, welches den Mond beleuchtet?"

Ich hatte gerade eben die Sonne untergehen sehen und weiß, wo sie ist. Sie beleuchtet den Himmel und die wenigen dort vorhandenen Wolken immer noch. So auch den Mond! So sage ich leise, selbst fast sprachlos vor Staunen und vor dieser so einfachen Erkenntnis: „Von der Sonne! Dieselbe Sonne, die durch deine Luke auf die weiße Kugel schien, sie ist es, die den richtigen Mond beleuchtet!"

Man kann sogar den ganzen Mond sehen. Der Teil, der nicht direkt von der Sonne beleuchtet wird, ist nur schwach sichtbar; beide Teile gemeinsam, der helle und der blasse Teil, bilden einen vollkommenen Kreis, oder besser gesagt, eine vollkommene Kugel. Ich schwebe in meiner Vorstellung auf ins Weltenall und kann das alles genau so erkennen: Der Mond ist eine Kugel, und zu den verschiedenen Zeiten des Monats sehen wir ihn aus verschiedenen Blickwinkeln, so wie ich die weiße Kugel in Milum's seltsamer Hütte aus verschiedenen Blickwinkeln gesehen habe.

Das bedeutet, dass die Sonne immer noch vorhanden ist, auch wenn sie hinter dem Erdenrand verschwunden zu sein scheint. Man sieht das schon deutlich an den Wolken, die sie nach ihrem Untergang immer noch beleuchtet und in die schönsten Farben taucht. Dies zu Ende gedacht, bedeutet, dass die Sonne niemals verschwindet, sondern nur hinter oder unter der Erde sich versteckt und am nächsten Morgen wieder hervorkommt. Es ist nicht viel anders, als wenn die Sonne für eine Weile von einer Wolke verdeckt wird und dann wieder hervorkommt. In der Nacht kommt man leicht auf den Gedanken, dass sie vorübergehend nicht vorhanden sei. – –

An einem anderen Tage führt Milum mich auf eine Lichtung. Es ist Nachmittag, und Milum weist mich an, mich in die Mitte der Lichtung zu stellen und das Rundherum wahrzunehmen. Es ist der Wald, es sind die Bäume. Dann bittet er mich, mich langsam mit ausgestreckten, leicht angewinkelten Armen linksherum um mich selbst zu drehen.

Ich drehe mich langsam um mich selbst, die Bäume gleiten um mich herum, ich finde das angenehm. Ich erhöhe die Geschwindigkeit meiner Umdrehungen und wundere mich, wie schnell ich mich schließlich drehen kann, ohne dass mir schlecht wird. Nach einer guten Weile der schnellen Umdrehungen bittet Milum mich, allmählich und sehr vorsichtig langsamer zu werden, bis ich schließlich zum Stillstand komme. Erstaunlich, dass mir dabei nicht unwohl wird.

Und was soll das Ganze? Ich mache die Übung noch einmal, und dann verabschieden wir uns für heute von der Lichtung.

Am nächsten Tage sind wir wieder dort, die gleiche Übung. Doch heute bittet Milum mich, genau zu beobachten, was ich sehe. Ich sehe den Wald sich um mich herum drehen. Mir ist im Verstand klar, dass ich mich drehe und nicht der Wald, aber was ich sehe ist, dass der Wald sich dreht. Für einige Momente ist das ganz deutlich, dann manchmal wieder nicht so deutlich, weil mir der Verstand dazwischen redet.

Nachdem wir ausreichend besprochen haben, was sich hier dreht und was nur scheinbar, gehen wir nach Hause und kommen in der nächsten Nacht zurück. Wir setzen uns. Es ist sternenklar. Ich bin ganz Aufmerksamkeit, es geschieht aber nichts. Nach einer Weile fragt Milum mich:

„Wenn du so den Himmel über längere Zeit betrachtest, was geschieht dort oben? Bewegt sich da etwas?"

Da keine Wolken am Himmel sind, bleibt mir nur übrig zu antworten:

„Die Sterne. Wenn ich sie lange genug beobachten würde, dann würde ich feststellen, dass sie sich von links nach rechts bewegen."

„Und es kommen immer neue?"

Ich antworte: „Es kommen immer neue; die steigen links im Osten auf, und die anderen verschwinden rechts im Westen, aber nach einem Tag, in der folgenden Nacht, sind wieder dieselben Sterne da."

„Wenn man das so recht betrachtet und auf sich einwirken lässt, wird man sagen können, …"

„…, dass sich der ganze Himmel in einem Tage und einer Nacht einmal um uns herumdreht."

Dann verschlägt es mir die Sprache, mir wird schwindelig, ich sinke in mich zusammen und schlafe ein. – –

09. Erde, Sonne, Mond

Eines Nachmittags überrascht mich Milum mit der Aufforderung, ihn in der kommenden Nacht zu begleiten. Er verspricht, mich rechtzeitig zu wecken, ich solle schon etwas im Voraus schlafen. –

Nach dem Aufbruch gelangen wir bald auf eine Lichtung im Wald unweit unseres Dorfes, wo wir annehmen können, ungestört zu sein. Wir machen es uns bequem, und Milum hat offenbar Lust zu reden. Der Mond steht noch hinter den Bäumen. Milum schaut zum Himmel und spricht:

„Schau zu den Sternen. Es gibt unglaublich viele davon. Sie bewohnen das Weltall, aber wir können sie nicht erreichen. Wir wissen nicht, wozu sie dort sind, wer sie gemacht hat und woraus sie bestehen. Doch wir können sie bewundern; selten können wir so ehrfürchtig staunen wie beim Anblick des Himmels."

„Denke an die Bäume, die Tiere und die Pflanzen. Es gibt unglaublich viele davon. Sie bewohnen die Erde, aber wir können ihre Seelen nicht erreichen. Wir wissen nicht, wozu sie hier sind, wer sie gemacht hat und woraus sie bestehen. Doch wir können sie bewundern; selten können wir so ehrfürchtig staunen wie beim Schauen in die Natur um uns herum."

„Denke an deine Gedanken, an deine Gefühle und an deine Träume. Es gibt unglaublich viele davon. Sie sind in deinem Kopfe und in deinem Herzen, aber wir können sie nicht ergreifen. Wir wissen nicht, wozu sie da sind, wer sie gemacht hat und woraus sie bestehen. Doch wir können sie bewundern; selten können wir so ehrfürchtig staunen wie beim Blick in unser Inneres."

„So sind wir Mitspieler in einem großen Schauspiel, dessen Regeln wir nicht kennen. Unsere Rolle in dem Spiel verstehen wir nicht; erst durch Ausprobieren, durch viele Irrtümer und Fehler, lernen wir mit der Zeit, uns in diesem Spiel so zu verhalten, dass wir unserer Rolle gerecht werden. Es gelingt uns nicht immer.

Durch die lange Erfahrung, die unser Volk im Laufe vieler Menschenalter gemacht hat, haben sich die Grundregeln herausgebildet, die du schon zu einem Teil kennengelernt hast und die es zu befolgen gilt. So erreichen wir, dass unsere Kinder ein genauso gutes Leben haben werden wie wir selbst. Dabei ist es nicht so wichtig, dass alles immer nur friedlich verläuft; manchmal muss man ordentlich schimpfen und sein Missfallen ausdrücken über das Verhalten anderer. Damit es dabei nicht zu Tätlichkeiten kommt, die jemanden verletzen könnten, sind die Wettkämpfe eingerichtet worden, die immer vier Wochen vor dem Jahreswechsel stattfinden.

Noch viel wichtiger ist es, Mutter Erde zu erhalten und unseren Mitgeschöpfen, den Tieren und den Pflanzen, beizustehen. Wir dürfen nicht zu viele Bäume fällen, nicht zu viele Tiere jagen und nicht zu viele Pflanzen schneiden. Die lebendige Welt um uns herum muss ohne Schaden weiterleben können, denn wir leben mit ihr und durch sie. Nur wenn wir uns als einen Teil dieser vielfältigen, lebendigen Welt empfinden, kann der Einklang bestehen bleiben. Der Mensch trägt im Gemeinschaftsleben mit der Natur eine besondere Verantwortung, denn er hat einen fähigen Verstand, eine herausragende Erfindungsgabe und Geschicklichkeit in vielen Dingen. Daher kann er der uns umgebenden Lebenswelt viel schaden oder auch viel nützen. Wir sind aufgerufen, ihr zu nützen und ihr nicht zu schaden." –

Inzwischen steht der Mond in voller Pracht am Himmel, und es ist geradezu so, als wolle er sein Licht herabfließen lassen auf die wichtigen Worte Milum's. Dieser verstummt und wir schweigen. Wie es meine Gewohnheit ist, hatte ich, ohne zu ermüden, aufmerksam zugehört, denn zum einen will ich viel von ihm lernen, und zum anderen weiß ich aus mancherlei Erfahrung um die unerschöpflichen, oft ungewöhnlichen Kenntnisse Milum's.

Milum wendet seinen Blick dem Monde zu, und wie von selbst tue ich das gleiche. Der Mond leuchtet still auf uns herab und lächelt uns zu. Nach einer Weile fängt er an, am unteren Rande eine Einbuchtung zu bekommen, so, als ob er dort eingedrückt wäre. Die Einbuchtung wird grösser, und das

Bild wandelt sich: Es sieht jetzt so aus, als ob sich eine kreisrunde Scheibe vor den Mond schieben würde. Die Scheibe verdeckt den Mond immer mehr und mehr, bis der Mond nach einer Zeit vollständig verdeckt und verschwunden ist.

Eine lähmende Dunkelheit liegt jetzt über uns und über dem Walde. Die Vögel sind verstummt. Es ist gespenstisch. Vorher noch die vom Monde hell erleuchtete Lichtung, und jetzt Totenstille und Dunkelheit. Wenn nicht Onkel Milum da wäre, würde ich richtig Angst bekommen.

Nach einiger Zeit kommt der Mond zögernd wieder hervor, zunächst in Form eines schmalen Streifens, dann mehr, dann halb, bis er endlich seine volle Größe und Helligkeit wiedererlangt hat. Die Stimmung einer Vollmondnacht mit einem fröhlich lachenden Mond kehrt zurück. –

Ich habe viel gesehen und wenig verstanden. In den folgenden drei Nächten schlafe ich länger als gewöhnlich. In meinen Träumen, die sich bis in den Tag hinein fortsetzen, schwebe ich mit den Gestirnen durch den weiten Raum, der erfüllt ist von fast greifbaren Kugeln: Erde, Mond und Sonne.

10. Mein vergangenes Leben am Fluss

Ich bin krank. Ich habe hohes Fieber, und meine Mutter und zwei Heilerinnen kümmern sich um mich. Ich mag nichts essen; das ist so in Ordnung, wie die Frauen befinden. Hingegen trinke ich viel, einfach nur angewärmtes, klares Wasser oder Aufgüsse von Kräutern, die die Heilerinnen für mich suchen, pflücken und zubereiten. Die Kräutergetränke sind stark und bitter, so dass ich froh bin, wenn ich wieder einmal einfaches, klares Wasser trinken kann. Ich bekomme kalte Wickel um die Waden, werde gut zugedeckt und sorgsam behütet. Es tut mir gut, so liebevoll umhegt zu werden.

Wenn ich schlafe, habe ich lebhafte Träume; wenn ich wache, schaue ich dem Licht zu, welches durch ein Fenster hereinfällt, wie es an der Wand spielt, sich dort langsam verschiebt, welche Farben sich bilden und welche Gefühle ich dabei habe. Die Wände des Hauses kommen manchmal nah auf mich zu, manchmal entfernen sie sich, manchmal verbiegen sie sich und nehmen die seltsamsten Formen und Farben an. Mein Kopf und meine Gliedmaßen scheinen bisweilen anzuschwellen, sich auszudehnen, sich wieder zusammenzuziehen, zu pulsieren, warm zu werden, um dann wieder ihre normale Form und Größe anzunehmen. Bei alledem fühle ich mich wohl und gesegnet mit diesen seltsamen Gefühlen, die ich sonst nicht kenne.

In einem Traum sehe ich mich am Flusse stehend und versuche, einen Fisch zu fangen. Mein Vater aus jenem früheren Leben, an welches ich mich schon als Kind erinnert hatte, hat mir die Anfänge des Angelns beigebracht, denn wir haben nicht viel zu essen, und jeder Fisch im Hause ist willkommen. Nun bin ich allein zum Fluss gegangen, um einmal auf mich selbst gestellt das Erlernte zu erproben.

Wir leben bescheiden in einem Haus in der Nähe des Flusses und haben wenig Verbindung zu den Leuten im Dorfe. Wie ich nach und nach herausfand, hatte man uns aus dem Dorfe fortgeschickt; die Menschen wollten nichts mehr mit uns zu tun haben. Der Grund war der, dass mein Vater einmal drei junge Eichen gefällt hatte, ohne die Ältesten des

Dorfes zu fragen und ohne die Eichen um ihre Erlaubnis zu bitten. Die Eichen sind unsere heiligsten Bäume. Mein Vater wollte dort, an jener Stelle, ein neues Haus für uns bauen und er hätte unbedingt die Einwilligung der Dorfbewohner und vor allem die der Eichen selbst haben müssen. Sein Vergehen war unbegreiflich und unverzeihlich, und es war unmöglich herauszufinden, warum er das getan hatte, gegen alle Regeln unseres Volkes.

Man war im Dorfe entsetzt gewesen, hatte Rat gehalten, und es wurde befunden, dass die Missetat so schwerwiegend war, dass sie nicht auf dem Winterfest getilgt und vergeben werden könne. Daher forderte man meinen Vater auf, aus dem Dorfe fortzuziehen, da man nicht mehr mit ihm zusammen leben wolle. So leben wir allein am Fluss; meine Mutter fand sich drein und klagt nicht, macht meinem Vater keine Vorwürfe und besorgt das Haus und den Garten, so gut sie kann. Meine Geschwister und ich wussten zunächst überhaupt nicht, was vorgefallen war, und wir klammerten uns an unsere Eltern, um Schutz und Geborgenheit zu finden.

Es fehlt uns der Austausch mit anderen Menschen, und ich selbst vermisse meine alten Spielgefährten. Doch es ist auch ein schönes Leben, so frei in der wilden Natur, und noch viel enger zusammen mit den Bäumen, den Gräsern, dem Fluss und dem Himmel. Unser karges Leben ist heilsam, wir sind gesund und kräftig. Es wäre alles gut, wenn wir uns nicht so ausgestoßen fühlen würden. –

Im Traume wage ich mich beim Angeln mit dem linken Fuß weiter vor in den Fluss hinein, indem ich mich auf einem Stein abstütze, die Angel weit in den Fluss hineinhaltend, um vielleicht noch besser an die Fische heranzukommen. Doch dann gleite ich von dem Stein ab in den Fluss, verfange mich in den Schlingpflanzen, werde nach unten gezogen, versuche, die Angel loszulassen, schlage wild um mich, was nichts nützt, fange an, Wasser zu schlucken, würge und verliere den Sinn für oben und unten. Mir wird schwindlig, ich atme Wasser ein, bekomme Todesangst und gebe auf. [4]

Mit einem Male ist die Pein zu Ende, ich fühle keinen Schmerz mehr und keine Angst, finde mich über dem Wasser schwebend, hinabblickend auf einen menschlichen Körper, der leblos im Wasser treibt, bin selbst in guter Verfassung in einem schönen, gesunden Körper über dem Wasser. Staunend wird mir bewusst, dass ich dort im Wasser mich selbst sehe, tot, ertrunken, verloren. Doch tatsächlich bin ich nicht tot, sondern empfinde mich als lebendig, empfindsam, wahrnehmend.

In diesem Schwebezustand sehe ich auf einmal mein ganzes Leben vor mir, welches ich gelebt habe. Es ist wie ein klarer Traum, doch es läuft alles sehr schnell ab, so dass ich dem kaum folgen kann. Ja, es ist fast so, als wenn das alles in einem einzigen kurzen Augenblick stattfindet und mit allen Sinnen zugleich wahrgenommen wird: Ich sehe, höre, rieche, taste, schmecke, fühle alles auf einmal. Eine Begegnung mit einem anderen Menschen, zum Beispiel mit meinem Vater, erlebe ich nicht nur aus meiner Sicht, sondern auch aus seiner; ich spüre seine Gedanken in mir, wie er etwa böse ist, weil

---

[4] Es folgt ein klassisches Nahtodes-Erlebnis mit Lebensrückschau (Lebenspanorama) und anschließendem Aufenthalt im Jenseits. Siehe ‚Nahtodes-Erlebnisse‘ im Literatur-Verzeichnis.

ich ihm nicht gehorcht habe. Ich spüre nicht nur die Gedanken meines Vaters oder anderer Menschen, sondern auch deren Gefühle in mir, so als wären sie die meinen, wie zum Beispiel Liebe, Mitleid, Zorn, Unverständnis, Eile, Enttäuschung, Müdigkeit, Dankbarkeit. Meine Empfindungen verschmelzen mit denen der anderen. –

Vor mir tut sich im Wasser ein trichterförmiger Wirbel auf, in den ich hineingezogen werde, der mich herumwirft und mich durch ihn hindurch fliegen lässt. Die Geschwindigkeit, mit der ich durch den Wirbel fliege, erhöht sich, ich höre einen rauschenden Gesang und ein Wispern und Flüstern an den Wänden des Wirbels; dort sehe ich schemenhafte, seltsame Gestalten, die mir etwas zurufen, was ich nicht verstehe. In der Richtung, in der ich durch den Wirbel fliege, sehe ich am Ende ein Licht, welches mir verrät, dass es ein Ziel und ein Ende des Fluges geben müsse. [5]

Das Licht wird langsam grösser, die Geschwindigkeit des Fluges geringer; es öffnet sich schließlich ein rundes Tor, hinter dem es leuchtend hell ist. Ich werde hinausgeworfen und finde mich auf einer Wiese wieder in einer wunderschönen Landschaft mit Blumen ringsumher, einem murmelnden Bach in der Nähe und einem tiefgrünen Wald gegenüber. Die Bienen summen fleißig, der Himmel ist tiefblau, eine Lerche trällert hoch oben ihr Lied, es herrscht ein sanfter Friede.

Von Ferne kommen einige Menschen auf mich zu, und als sie näher kommen, erkenne ich meinen Großvater, meine Großmutter, einen Onkel und eine andere Frau aus dem

---

[5] s. Hieronymus Bosch: „Der Aufstieg in das himmlische Paradies."

56

Dorfe, alle aus meinem damaligen Leben, die ich alle noch gekannt hatte, die aber alle schon vor meinem eigenen Tode gestorben waren. Sie begrüßen mich einladend, erklären mir, dass ich in jener Welt erwartet werde und willkommen sei, und sie führen mich auf einen Weg, der sich vor uns eröffnet.

Nach einiger Zeit kommen wir an einen See, wo uns eine junge Frau erwartet. Ich werde ihr vorgestellt und in ihre Obhut gegeben. Meine Begleiter, Großvater, Großmutter, der Onkel und die Frau, verabschieden sich in einer Weise, die mir bedeutet, dass ich nun meinen weiteren Weg ohne ihre Hilfe gehen müsse. Das tut mir leid, denn sie hatten mich so liebevoll begrüßt, und ich hatte mich so gefreut, sie wiederzusehen.

Die junge Frau nimmt mich in ihre Pflege. Sie sagt mir, dass ich einiges an Kraft verloren habe durch unser einsames Leben am Fluss, und dass die Schmach, die auf meinen Vater gefallen war, mir weh getan habe. Daher müsse ich in dem kristallklaren Wasser des Sees baden, um von den schlechten Einflüssen befreit zu werden, und danach mit der frischen Luft der nahen Bergen umweht werden, um neue, reine Stärke zu bekommen: Meine Seele müsse geheilt werden.

So geschieht es. Ich fühle, wie etwas Schweres von mir abfällt, wie ein Kribbeln durch meinen Körper läuft und wie mein Blick freier wird. Nach drei Tagen der Reinigung entlässt mich die junge Frau, und ich will ihr zum Abschied danken, doch sie sagt:

„Ich habe dir zu danken, denn ich durfte dir bei deinem Eintritt in die geistige Welt behilflich sein, indem ich deine Seele erfrischte."

Ein Wegbegleiter holt mich ab und führt mich zu einer Gruppe von Seelen, die mich schon erwarten. Sie begrüßen mich erfreut und scheinen mich gut zu kennen. Ich erkenne drei von ihnen, nämlich jenen Großvater und jene Großmutter aus meinem Leben am Fluss, die ich beide noch gekannt hatte; zudem ist Zipps anwesend in der Gestalt aus seinem vor-vorigen Leben. Außer einigen anderen, die ich nicht kenne, sind noch drei schemenhafte Seelen zu sehen, die durchsichtig und licht erscheinen. In einem der Schatten-Wesen erkenne ich Dulgur und in zwei weiteren Vater und Mutter aus meinem Leben am Fluss, die beide noch leben. Die drei Schatten-Wesen sind so schemenhaft, dass sie manchmal gänzlich verschwinden, dann jedoch wie helle Nebel wieder erscheinen. – Drei der mir unbekannten Wesen sind, wie ich später erfahre, aufgestiegene Seelen aus dem Jenseits, die nicht mehr auf Erden leben müssen.

In der Gruppe wird nun meine Ankunft gewürdigt und die Tatsache besprochen, dass mein Leben am Fluss so früh endete. Alle zeigen sich mir mit Liebe und Verständnis zugewandt, und ich fühle mich sogleich in die Gruppe aufgenommen. Die Grundstimmung ist die der Freude, sich wiederzusehen und beisammen sein zu können. Ich erfahre, dass die Gruppe sich regelmäßig trifft, um die vergangenen Leben jedes einzelnen aufzuarbeiten. Das ist eine der Aufgaben, die uns in der geistigen Welt gestellt sind.

Bei der nächsten Zusammenkunft wird dann die gewöhnliche Arbeit wieder aufgenommen. Damit ich mich an die Art der Arbeit gewöhnen kann, kommt zunächst jemand anderes an die Reihe: Es ist mein Großvater aus dem vergangenen Leben. Ich hatte meine Großeltern in meinem Leben am Fluss nur selten gesehen, da wir verbannt waren. Daher weiß ich über meinen Großvater aus jener Zeit nur wenig und wundere mich darüber, was da alles zur Sprache kommt. Ich fühle mich als ein so junges Kind in der Gruppe fehl am Platze, finde es jedoch lehrreich, was alte Menschen so alles erlebt haben und was sie für Probleme hatten. Vielleicht nützt es mir für mein zukünftiges Leben.

An einem anderen Tage ist Zipps an der Reihe. Als wir noch im Dorfe lebten, bevor wir ausgewiesen wurden, war Zipps das Kind unmittelbarer Nachbarn gewesen; wir kannten uns also gut, und wir waren auch in jenem Leben Vettern gewesen. Wir hatten als kleine Kinder immer Streit; kein Mensch weiß, warum.

Als wir schon am Fluss lebten, war Zipps einmal allein von zu Hause fortgegangen, um neugierig und unerlaubt die umliegenden Wälder zu erkunden. Auf seinem Wege kam er schließlich zu unserer Einsiedelei am Fluss. Sobald ich ihn sah, rannte ich mit Drohgebärden auf ihn zu und vertrieb ihn, einen Knüppel schwingend, aus unserem Reich. – Bei der Aufarbeitung in der Seelengruppe stellt sich heraus, dass Zipps mir damals Vergeltung schwor für alles, was ich ihm angetan, als wir noch als Kinder zusammen im Dorfe wohnten, und dafür, dass ich ihn von unserem Hofe am Fluss vertrieben hatte, obwohl er nur versehentlich und ohne böse

Absicht dorthin gelangt war. Vergeltung zu üben war ihm nicht mehr vergönnt gewesen, da ich kurze Zeit später im Fluss ertrank.

In der Gruppe wird das alles ausführlich besprochen, wobei Zipps heute im Mittelpunkt steht und mich, da ich an der Geschichte offensichtlich beteiligt gewesen war, ab und zu Seitenblicke der Anwesenden streifen. Man wird sich darüber einig, dass Zipps im nächsten Leben – also dem jetzigen – mit dem Wunsch nach Rache sich wird auseinandersetzen müssen. Es bleibt in der heutigen Sitzung ungeklärt, warum wir schon im vorigen Leben als Kinder immer Zank hatten, was möglicherweise auf ein noch davor liegendes Leben zurückzuführen sei. Die Frage wird auf eine der nächsten Zusammenkünfte verschoben.

In einer der folgenden Stunden stellt sich heraus, dass in einem noch früheren Leben die Ehefrau Zipps' meine Geliebte war. Als Zipps mich dazumal mit einem Messer töten wollte, hatte ich ihn in wildem Kampfe getötet. –

Die Gruppe trifft sich immer wieder, und jedesmal steht eine Seele im Mittelpunkt der Erörterungen. Jede einzelne Begebenheit aus dem vergangenen Leben wird ausführlich besprochen; die betroffene Seele kann noch einmal vortragen, wie sie alles erlebt hatte, und bei wichtigen Punkten wird auch nachgefragt. Es ist ganz unmöglich, irgendetwas zu verheimlichen oder zu beschönigen, und bei aller Liebe herrscht eine Strenge bezüglich der ganzen, ungeschminkten Wahrheit.

60

Alle Erfahrungen, die wir gemacht haben, werden als Geschehnisse angesehen, die in der Vergangenheit sich ereigneten und heute unverrückbar sind. Sie waren Möglichkeiten zum Lernen. Vergangenes kann man nicht ändern, es gibt dort kein Gut oder Schlecht, es gibt nur gelernt oder nicht gelernt.

Wenn ich an der Reihe bin, sind die drei Schatten-Wesen anwesend, von denen ich sprach. Wenn jemand anderes an der Reihe ist, tauchen andere Schatten-Wesen auf, die ich nicht kenne. Die Schatten-Wesen zeigen viel Verständnis für unser Verhalten und können manches Geschehene noch besser erklären, als es uns selbst möglich ist. Die vergangenen Leben der Schatten-Wesen werden in der Gruppe nicht besprochen. Später erfahre ich, dass die Schatten-Wesen Anteile noch lebender Menschen sind, und dass sie einen kleinen Teil ihres Selbst in der geistigen Welt zurückgelassen haben. Sie nutzten diesen Teil, um uns bei der Rückschau auf unser gelebtes Erdenleben behilflich zu sein.

Auf solche Weise gewinnen wir Einsichten in unser vergangenes Leben, in die Möglichkeiten, die wir genutzt oder ausgelassen haben, in die Erkenntnisse, die wir gewonnen, in die Fortschritte, die wir gemacht haben oder auch nicht. Der Lebensplan des kommenden Lebens auf Erden scheint aus den Gesprächen ein wenig hervor, wird aber noch nicht richtig deutlich. Ein volles Verständnis des neuen Lebensplans ist einer Vorladung vor den Hohen Rat der Weisen Lehrer vorbehalten. Es ist mir schon angekündigt worden, und es geschieht eines Tages auch: Ich erhalte die Vorladung vor den Hohen Rat. Mir ist mulmig zumute, denn die anderen hatten stets mit Achtung und Scheu von dem Hohen Rat gesprochen.

Dulgur begleitet mich. Er ist nicht mehr nur ein Schatten, sondern richtig anzuschauen, und zum ersten Mal kann ich ihn genau betrachten. Ich staune nicht schlecht, denn sein Erscheinungsbild wechselt zwischen dem alten Weisen Dulgur und einer schönen jungen Frau mit langem, schwarzem Haar.

Wir treten ein und sehen uns sechs Großen Meistern gegenüber, die hinter einem Tisch sitzen. Dulgur weist mich an, mich in gebührendem Abstand vor die Meister hinzustellen. Ich höre mein Herz schlagen. Dulgur's Anwesenheit hilft mir, Haltung zu bewahren. Einer der Meister beginnt:

„Dhoaram, du hast ein nur kurzes Leben gelebt bei deinen Eltern unten am Fluss. Welches war der Sinn dieses Lebens?"

Ich besinne mich auf die Erkenntnisse in der Gruppe:

„Ich sollte Bescheidenheit lernen und sollte lernen, einfachste Lebensumstände willig anzunehmen. Doch habe ich oft bedauert, dass ich von meinen Spielkameraden aus früher Kindheit getrennt war und dass unsere ganze Familie sich ausgestoßen fühlte."

„Gut, gut. Was hättest du anders machen können in deinem Leben am Fluss?"

„Ich habe meinen Eltern nicht immer so gedankt, wie ich es hätte tun sollen."

Ich spüre die Traurigkeit meiner Mutter. Sie tut alles für uns und klagt nicht über das Schicksal unserer Familie. Doch manchmal wünscht sie sich, dass wir Kinder oder unser Vater ein Wort der Anerkennung und des Dankes für sie fänden. Ich fühle deutlich den Schmerz meiner Mutter in meinem Körper.

„Hättest du noch etwas anderes besser machen können?"

„Ich habe Zipps von unserem Hofe am Fluss verjagt, obwohl er ohne böse Absicht und nur versehentlich dorthin gelangt war."

Ich spüre das Erschrecken Zipps', als ich ohne ersichtlichen Grund mit dem Knüppel auf ihn losging; ich spüre seine Wut und seinen Wunsch, es mir bei nächster Gelegenheit heimzuzahlen.

„Es war nicht recht von mir, und ich möchte mich bei Zipps entschuldigen. Warum nur haben wir uns schon als Kinder immer gestritten, als wir noch im Dorfe lebten?"

Einer der Meister beantwortet meine Frage:

„Die Ursache liegt in einem noch davor liegenden Leben. Wir werden Dulgur bitten, das in deine Gruppe einzubringen, um es dort aufzuklären und aufzuarbeiten. Zipps wird dir auch im nächsten Leben begegnen, und er wird Vergeltung üben wollen, und er wird deine Nachsicht und deine Fähigkeit zu vergeben auf die Probe stellen.

Du willst sicher wissen, warum du so früh gestorben bist. Nun, nicht deshalb, weil du etwas hättest anders machen können in deinem jungen Leben, oder weil du daraus etwas Besonderes hättest lernen sollen, sondern einfach deshalb, weil wir etwas Wichtiges mit dir vorhaben und weil die Gelegenheit günstig ist. Wir haben das in deinem jetzt vergangenen Leben schon vorbereitet, und du wirst bereit sein, diese Aufgabe zu übernehmen, so hoffen wir."

Ich verstehe nicht, was er meint und verbeuge mich ehr-furchtsvoll. Ein anderer Meister fährt fort:

„Es ist an der Zeit, in die Zukunft zu schauen. Die Men-schen auf der Erde stehen an einem Wendepunkt. Wir möch-ten, dass du an einem Ort geboren wirst, wo die Menschen sich noch als die Kinder von Mutter Erde fühlen und wo sie die Pflanzen und Tiere als ihre Brüder und Schwestern anse-hen. Wir wollen, dass du die Gefahren siehst, die heraufzie-hen. Eine gute Möglichkeit ist es, in einem Dorfe im Walde von einer liebevollen und verständnisvollen Mutter geboren zu werden, die dazu bereit ist, dich zu empfangen.“

Ich sehe eine schöne Frau in einem Dorfe im Walde und ihren Ehemann, die noch keine Kinder haben und sich Kinder wünschen. Das Dorf wirkt hell in einem dunklen Wald und gepflegt, und die Aufgabe scheint ehrenvoll zu sein, obwohl ich sie nicht erfasse. Ein anderer Meister fährt fort:

„Du kannst dorthin geboren werden. Es würde gut in un-sere Pläne passen. Aber es ist deine Entscheidung. Möchtest du dorthin geboren werden, in das Dorf im Walde und zu den Eltern, die du soeben gesehen hast? Obwohl wir dir diesen Ort und diese Eltern empfehlen möchten, fühle dich in deiner Entscheidung frei, denn die Freiheit und Verantwortung der Seelen für sich selbst haben bei uns einen hohen Rang.“

Ich bin überzeugt, dass es das Richtige ist, und stimme freudig zu. Die Meister verabschieden mich mit einem zufrie-denen Lächeln und einem leichten Nicken des Kopfes. Ich verneige mich voller Hochachtung, und Dulgur geleitet mich hinaus. – – –

Teil II. Einweihung

11. Der todkranke Junge [6]

Eines Tages kommt Garann, der Sohn Milum's, atemlos ins Dorf gerannt und ruft:

„Kommt schnell, kommt schnell, der Junge ist in großer Not!"

Garann läuft zu der Wiese zurück, und zwei Frauen und zwei junge Männer folgen ihm. Dort windet sich ein Junge auf dem Boden, zuckt, schreit und fuchtelt in der Luft herum. Schaum steht ihm vor dem Mund, seine Augen verdrehen sich und blicken wirr umher.

Die Frauen versuchen, sich dem Jungen zu nähern, doch ohne Erfolg, denn er schlägt wild um sich und lässt niemanden an sich heran. Alle fünf stehen ratlos da. „Der Junge stirbt!" schwebt es in der Luft.

Garann läuft in das Dorf zurück, um Hilfe zu holen. Mehr Menschen strömen herbei, und schließlich gelingt es einigen kräftigen Männern, den Jungen auf den Boden zu werfen und dort festzuhalten. Der Junge kann jetzt nur noch schreien und spucken und Blitze aus seinen Augen schießen lassen. „Brecht ihm nicht die Knochen!" rufen die Frauen.

Mit der Zeit wird der Junge ruhiger, offenbar ermattet, doch wenn die Männer ihn loslassen, macht er immer noch

---

[6] Hier erleben wir eine klassische schamanische Krise, Teil 1; siehe das Stichwort ‚Schamanismus' im Literaturverzeichnis

die seltsamsten Verrenkungen. Seine Grimassen sind einfach schrecklich.

Nun kommen die Ältesten aus den Nachbardörfern herbei. Sie tuscheln untereinander, bis einer schließlich das Wort ergreift und sagt:

„Der Junge ist auf einer Reise in eine andere Welt. Vielleicht wird er nie zurückkommen. Oder er wird zurückkommen und gelähmt sein und ohne Verstand, und wird sich nicht mehr selbst helfen können. Oder, es kann sein, dass er zurückkommt und gesundet; dann wird er ein Heiler und Zauberer werden."

Schließlich ist auch der Weise vom Dorf am Berg eingetroffen. Er betrachtet den Jungen und spricht leise, doch so, dass alle es gerade noch hören können, denn alle schweigen jetzt:

„Er wird ein Seher werden."

Derweil hat man Stangen mit Schlingen zu einer Trage zusammengebunden, und vier Männer tragen den Jungen ins Dorf, während Garann links und des Jungen Mutter rechts neben der Trage einhergehen und ihm die Hand halten. Man bringt den Jungen auf Geheiß der Alten ins Versammlungshaus. Dort wird eine bequeme Matte ausgebreitet, auf die er gelegt wird.

Zwei Medizinfrauen bereiten einen Brei aus Lehm und Öl und legen ihn dem Jungen auf den Leib. Außerdem legen sie ihm Blätter der Minze auf die Stirn.

66

Sechs junge Männer werden angewiesen, im Wechsel den Jungen mit Wasser zu versorgen. Sie tragen frisches Quellwasser herbei. Da der Junge ohnmächtig ist und nicht schlucken kann, benetzt ihm stets einer der jungen Männer die Lippen. Außerdem halten sie seine Arme und Beine ständig mit feuchten Tüchern umwickelt, um welche wiederum trockene Tücher geschlagen werden.

Am nächsten Tage wird der Junge immer blasser, und sein Körper wird kälter, obwohl man ihn warm eingehüllt hat. Sein Puls schwindet, und sein Atem ist nicht mehr spürbar. Das Wort „Er ist tot!" macht die Runde.

Die Medizinfrauen lassen sich nicht beirren und erneuern regelmäßig den Brei auf des Jungen Leib und die Blätter auf seiner Stirn. Sie weisen die jungen Männer an, mit der Benetzung der Lippen fortzufahren und mit der Befeuchtung der Arme und Beine. Da die Anweisungen ruhig und bestimmt gegeben werden, kommen die jungen Männer dem ohne zu zögern nach.

Stets ist ein Zauberer aus einem der Dörfer im Versammlungshaus anwesend, murmelt unverständliche Sprüche und führt ab und zu mit seinen magischen Gegenständen seltsame Bewegungen durch.

Jeder im Dorfe hat seine Aufgaben: Einige bringen Wasser herbei, andere reinigen das Versammlungshaus, wieder andere versorgen alle mit gutem Essen, die Boten laufen zwischen den Dörfern hin und her, und alle sorgen für eine hoffnungsvolle Stimmung, soweit das irgend möglich ist.

Einmal am Vormittag und einmal am Nachmittag kommt einer der Weisen Alten herein und blickt jeden der Anwesenden wortlos an, so, als ob er sagen wollte: „Nun, ist alles in Ordnung? Machst du deine Arbeit gut?" Dann verschwindet er wieder, stumm, wie er gekommen war.

Die Ruhe und Sicherheit der Medizinfrauen und der Weisen Alten lassen alle Anwesenden ihre Aufgaben weiterhin getreulich erfüllen, obwohl der Junge offensichtlich tot ist.

Merkwürdig ist nur, dass der Junge keine Flecken aufweist, wie Tote sie haben, und dass sein Körper nicht starr wird.

Nachdem der Junge drei Tage und drei Nächte lang in diesem Zustand verharrt hatte, geschieht Unerwartetes: Seine Augenlider bewegen sich! „Der Junge lebt!", „Er lebt!" schallt es durch Dorf und Wald.

Die Boten laufen wie die Wiesel, Garann und des Jungen Mutter weinen Freudentränen und manche andere auch.

Der Puls kommt langsam zurück, der Atem geht erst zögernd, dann regelmäßiger, der Körper wird wärmer, und der Junge fängt an, sich zu bewegen.

Die Freude im Dorf ist riesengroß, und die Nachbardörfer senden ihre Glückwünsche.

Nach wiederum drei Tagen können die Medizinfrauen den Jungen aufrichten und ihm einen Löffel Suppe reichen; er erholt sich sichtlich und nach weiteren drei Tagen kann er seine ersten vorsichtigen Schritte tun, gestützt auf Garann und seine Mutter.

Bald spricht der Junge ein paar Worte. Sein erstes Wort ist ein erstauntes: „Ihr?"

Nach vierzehn Tagen ist der Junge wieder gesund. –

– Der Junge bin ich, Dhoaram. –

_____

12. Eine Reise in eine andere Welt [7]

Garann gibt mir Unterricht im Bogenschießen. Es ist eigenartig: Vor der ersten Einweihung zum Jungmann ist ein Unterricht im Gebrauch der Jagdwaffen nicht vorgesehen, und nach der Einweihung muss man es einfach können, denn ein Jungmann kann Bogenschießen.

Dieses Rätsel ist mir unbegreiflich; ‚mein großer Bruder' Garann und ich lösen es einfach, indem er mir heimlich Unterricht gibt. In Wahrheit ist es so heimlich nun auch wieder nicht, denn man weiß es im Dorfe wohl schon, man tut jedoch so, als merke man nichts.

Der Unterricht findet auf einer Wiese im Walde statt. Dort kann ich auf Holzstücke schießen, die wir an den Zweigen der Bäume befestigt haben.

Mit der Zeit werden meine Leistungen besser und die Entfernungen zum Ziel grösser. Am meisten habe ich mit dem Wind zu kämpfen, der listigerweise auf der Wiese, die eine Lichtung ist, sich zu Wirbeln steigert und nicht zu berechnen ist. Im Walde ist diese Schwierigkeit nicht gegeben.

_____

[7] Hier erleben wir eine klassische schamanische Krise, Teil 2

Mein Bogen ist ein guter, doch die Pfeile sind nicht immer wirklich gerade. Die erwachsenen Jäger hatten sie wohl übrig gelassen. So erlerne ich mit der Zeit die ersten Schritte und Tücken der Jagd kennen. –

In unserer siebzehnten Übungsstunde, als ich gerade wieder einmal auf ein Stück Holz an einem Baum anlege, tritt ein Bär, aus dem Walde kommend, zwischen den Bäumen hervor und starrt mich an. Das Herz schlägt mir bis zum Halse. Bären sind sehr gefährlich und unberechenbar, das weiß ich. Wenn er mich nun angreift? Welche Möglichkeiten habe ich, welche Aussicht auf ein Überleben? Mit meinen lächerlichen Pfeilen kann ich ihn nicht aufhalten. Wo ist überhaupt Garann?

Der Bär geht auf mich los! Fliehen ist das Verkehrteste, was man machen kann, das hatte ich gelernt, denn Bären sind schnell. Mich auf den Boden legen und mich totstellen? Mir ist überhaupt nicht zum Scherzen zumute. Der Bär kommt näher; er scheint wütend zu sein. Habe ich einen Pfeil auf ihn abgeschossen? Ich bin wie versteinert, unfähig, mich zu bewegen. Der Bär tappst auf mich zu, und mit einem Prankenhieb streckt er mich zu Boden. Ein weiterer Prankenhieb bricht mir das Genick.

Der Bär beginnt, mich zu verspeisen. Er reißt mir das Fleisch vom Leibe. Als er nach einiger Zeit satt zu sein scheint, reißt er noch ein Stück Fleisch und schleppt es in den Wald.

Die Gelegenheit lassen sich die Geier nicht entgehen, denn aus allen Richtungen kommen sie herbei und beginnen, mich zu zerpflücken. Einer hackt mir ein Auge aus, ein anderer das andere; wieder andere picken nach meinen Eingeweiden. Alsbald sind von mir nur noch ein paar Knochen übrig, die verloren auf der Wiese herumliegen.

Seltsamerweise bin ich mir immer noch meiner selbst und meiner Lage bewusst: Aufgefressen von Bär und Geiern und immer noch bei klarem Verstand? Wer bin ich, und was ist mit mir geschehen?

Es kehrt Stille ein.

Der Tag wechselt zur Nacht, es wird wieder Tag, und es geschieht – nichts. Die Zeit vergeht; meine Knochen bleichen in der Sonne. Sie werden mit der Zeit weniger auf der Wiese, da ab und zu ein Fuchs oder ein Wolf einen der Knochen davonträgt.

Bei Mondenlicht blinken die verbliebenen Knochen fahl weiß zwischen den Gräsern der nächtens grau erscheinenden Wiese hervor.

Ich bin meine Knochen! Es herrscht eine unendliche Stille und Ruhe auf der Wiese, die schützend von dem Walde eingerahmt wird. Ich fühle mich wohl in dieser Stille zwischen den Zeiten. Ein Gefühl von Weite, Ausgebreitet-Sein. Eine Verbundenheit mit dem Gras, mit den Bienen und Hummeln, mit dem umgebenden Wald und mit den Vierbeinern, die hin und wieder auf die Wiese treten. –

Nach langer Zeit der Ruhe kündigt sich ein Wechsel an. Die Wiese fängt an, leicht zu schwanken, und ein Luftzug lässt mich in den Wald schweben in die Nähe eines schmalen Baches. Dort gleite ich zu Boden und bin ein Moos.

Nahe am Bach bin ich feucht und kräftig, lebendig und voller Stärke. Weiter aufwärts nahe den Bäumen bin ich trockener und weniger dick und nicht so tief dunkelgrün.

Ich fühle, wie es ist, ein Moos zu sein. Ich bin zwei: Dhoaram und das Moos; Dhoaram, der ein Moos ist und wie ein Moos fühlt. Ich nehme mir vor, das für immer im Gedächtnis zu behalten.

Die Käfer krabbeln durch mich hindurch, Würmer und Schnecken lieben mich. Seltener läuft ein Reh oder ein Fuchs über mich hinweg oder ein Wildschwein. Die Hufe des Rehs oder des Wildschweins tun mir weh, doch nach kurzer Zeit kann ich mich von dem Schmerz erholen und meine alte Form wieder annehmen.

Es ist gut, ein Moos zu sein. Man stirbt nicht als Moos; man verändert nur seine Form und Größe mit der Jahreszeit, es erneuern sich Teile von mir und andere sterben ab, doch ich bleibe immer ich selbst. Meine Aufgabe als Moos ist es, Wasser zu speichern und es den Bäumen zur Verfügung zu stellen und allerlei kleinem Getier Unterschlupf zu bieten. –

Ein Gewitter geht über dem Walde nieder, und dicke Tropfen Wassers fallen von den Bäumen auf mich herab. Ich habe einige Mühe mit dem Regen und den dicken Wassertropfen, die mich arg zerzausen; ich kann nicht alles Wasser speichern: Vieles läuft einfach in den Bach hinab, der stark angeschwollen ist. Ein Teil von mir ragt in den Bach, und ich muss mich am Boden und an den Steinen festhalten, um nicht fortgespült zu werden. –

Es vergeht wieder eine zeitlose Zeit, bis eine neue Veränderung sich anbahnt. Es herrscht Stille, und ich bin nirgendwo. Nichts. – Von weiter Ferne höre ich ein leises Piepen; es kommt näher, und ich bin eine Eule, auf einem Nest stehend mit drei Jungen, die hungrig sind. Die Mutter wird hoffentlich bald wiederkommen und etwas zu essen mitbringen. Als Vater helfe ich ihr für eine Weile bei der Versorgung der Jungen, doch ich sehne die Zeit herbei, wo sie das allein schafft und ich mich wieder dem Sehen hingeben kann. Diese Betriebsamkeit derzeit fällt mir auf die Nerven. Das Familienleben drehte sich nur darum, wieder eine Maus zu fangen oder einen Fisch, oder, was selten gelingt, einen jungen Hasen, damit die Jungen satt werden.

Meine Lieblingsbeschäftigung ist das Sehen. Ein Nest zu bauen, Nahrung zu beschaffen, Junge zu ernähren: all das ist mir lästig und gar nichts im Vergleich zum Sehen. Wenn es ruhig ist im Wald, wenn es nicht regnet und nicht stürmt, wenn es Nacht ist und ich allein sein kann, dann sehe ich in die Ferne, so zum Beispiel in die Gegend hinter dem Berg oder auf den Fluss, dem ich gerne in seinem Laufe folge, bis hin zu der großen Biegung. Oder ich blicke abends zu den Menschen in ihren Dörfern, deren Treiben mir allerdings zu lebhaft ist, so dass ich es bald leid werde, ihnen zuzuschauen. Ich verstehe nicht, warum sie immer so geschäftig sind. Wir Eulen sind da von eher ruhiger Art.

Ich kann auch in die Vergangenheit blicken, etwa, wie vor einigen Jahren der Fluss nach einem Unwetter weit über seine Ufer trat und Teile des Landes überschwemmte. Oder ich sehe, wie vor einigen Jahren die Menschen ein neues Dorf errichteten, hier in der Nähe. Oder ich sehe noch weiter zurück in die Vergangenheit, als es noch viel kälter war als heutzutage, und als weite Teile des Landes von Schnee und Eis bedeckt waren. Zu jener Zeit gab es hier gar keine Eulen, und es ist mir unerklärlich, wie ich es trotzdem sehen kann.

Ich kann auch in die Zukunft blicken. Einmal sehe ich, wie drei Hütten in dem Dorf hier nebenan niederbrennen, und es gibt dort viel Geschrei und Wehklagen. Oder ich sehe, wie die Menschen anfangen, in ihren Gärten Gräser zu pflanzen, die viele große Körner tragen. Oder ich sehe, wie ein neuer Bach durch den Wald fließt, den es dort heute noch gar nicht gibt.

Das Sehen ist meine Leidenschaft. Alles, was ich sehe, behalte ich in meinem Gedächtnis, und ich mache mir so meine Gedanken darüber, was in der Welt vor sich geht und wie das alles zusammenhängt. Dadurch habe ich mir schon ein schönes Weltbild zusammengebastelt, weswegen manchmal andere Eulen oder Kuckucke mit ihren törichten Fragen zu mir kommen. Am wenigsten verstehe ich die Menschen, denn sie scheinen mir ein wenig verrückt zu sein mit ihren vielen Festen mit Getrommel und Gesang, womit sie hier die Ruhe im Wald doch erheblich stören. Ich habe mich bei der Auswahl meines neuen Wohnbaums schon weiter in den Wald zurückgezogen, denn diesen Lärm kann ja keine Eule ertragen. [8] –

---

[8] Offenbar ist diese Eule ein Kultur-Flüchter. Schleier-Eulen hingegen, weltweit verbreitet, sind Kultur-Folger.

Als Eule ist mir gleichzeitig klar, dass ich Dhoaram bin. Ich bin Dhoaram, und ich denke und fühle wie eine Eule. Seitdem weiß ich, wie Eulen sich fühlen. Am besten fühlen sie sich in der Stille. Es ist ein herrliches Gefühl der Ruhe und Gelassenheit, gepaart mit dem – unbescheidenen – Gefühl des Wissens. Mir als männlicher Eule ist nicht viel an der Aufzucht von Nachwuchs gelegen. Überhaupt bin ich lieber allein als in Gesellschaft.

Als Dhoaram bin ich über mein Erlebnis erstaunt, geradezu entzückt, denn die Vergangenheit und die Zukunft hatten mich schon immer neugierig gemacht. Das gehört zu meiner unstillbaren Wissbegierde. In entfernte Zeiten und Gegenden schauen zu können ist eine nützliche Fähigkeit. Und hier als Eule erfahre ich, wie es ist, solche Dinge in aller Klarheit zu sehen, obwohl ich Kostproben, in die Zukunft zu blicken, schon in meiner Kindheit als Dhoaram schmecken durfte. Als Eule habe ich mit der Schau in die Zukunft keine Schwierigkeiten, wohl deshalb, weil sich gar nicht die Gelegenheit ergibt, mit jemand anderen darüber zu streiten. –

Nachdem ich einige Wochen in diesem herrlichen Zustand verbracht hatte, ergreift mich der Drang zu fliegen, weit fortzufliegen. Ich breite meine Schwingen aus und fliege gen Süden über den Wald, über Hügel und über den Fluss. Da ich nicht darin geübt bin, weite Strecken zu fliegen, muss ich immer wieder eine Rast einlegen, doch der Drang ist so groß, dass ich jedesmal wieder neu abhebe und weiterfliege.

Schließlich erreiche ich die Flanke eines Berges, wo ich eine Spalte erspähe, durch welche ich hineinschlüpfen kann. Hinter der Spalte eröffnet sich eine Höhle, die am Ende ein

Tor hat. Vor dem Tor steht ein Krieger mit seinen Waffen, der mich grimmig und zugleich freundlich ansieht und mir bedeutet, durch das Tor einzutreten. Das tue ich, und hinter einem Durchgang öffnet sich ein großer Raum, der mit farbigem Licht erfüllt ist. Am anderen Ende des Raumes sitzt auf einem Thron eine Frau, in Gewänder gehüllt von einer Farbe, die ich nicht beschreiben kann, da ich eine solche Farbe noch nie gesehen habe. Jedenfalls ist die Farbe von geheimnisvoller Tiefe und Kraft.

Die Frau ist nicht jung und nicht alt. Sie erscheint mir so, als ob sie schon immer dort gesessen hätte. Die Frau und die Höhle sind eins. Sie lädt mich mit einer Geste ein, mich vor sie hinzusetzen. Offenbar hatte sie mich erwartet. Ich habe inzwischen die Gestalt eines jungen Mannes angenommen. Meine Kleider haben in dem farbigen Licht der Höhle eine unbestimmte, wechselnde Tönung, und ich fragte mich, ob ich im Gesicht so aussehe wie Dhoaram.

Die Frau erhebt ihre Stimme und spricht:

„Sei willkommen, junger Mann! Ich lebe hier seit Anbeginn aller Zeiten, und ich möchte mit dir reden.

Du hast erlebt, wie es ist, sehen zu können. Diese Gabe sollst du einsetzen für dein Volk und zum Nutzen aller Menschen, Tiere und Pflanzen. Gehe zurück in dein Dorf und vertraue dich deiner Mutter an und Milum."

Ich weiß, diese Worte brennen sich in mein Gedächtnis ein wie durch Feuer, doch ich begreife im Augenblick gar nichts. Wir sitzen eine lange Zeit schweigend, und die Frau schaut mich liebevoll und erwartungsvoll an. Ich weiß, es ist

76

ein großes Ereignis in meinem Leben, ein Wendepunkt, ein Neubeginn, aber mein Verstand versagt gänzlich. Schließlich sagt die Meisterin – das Wort ‚Meisterin' ist mir in den Sinn gekommen –

„Mache dir keine Gedanken. Wir werden dich führen. Wenn du deine Pflicht erfüllst und Verantwortung zeigst, dann bist du bei uns in guten Händen. Du musst nichts planen und nichts wollen, wenn du nur gute Arbeit machst."

Die Meisterin sucht etwas an ihrem Kleid und bringt schließlich einen kleinen, flachen Stein hervor, von dem ich zunächst nur erkennen kann, dass er durchsichtig ist und im Inneren Figuren in unterschiedlichen Farben enthält. Sie sagt:

„Und hier habe ich noch etwas für dich. Es ist ein Schutz für dich und eine Mahnung. Du sollst den Stein immer bei dir tragen, denn er bringt dir Glück und erinnert dich stets an deine Aufgabe."

Sie gibt mir den Stein in die Hand, und ich traue mich nicht, ihn genauer zu betrachten. Schließlich bringe ich hervor:

„Große Meisterin, ich möchte dir auch gerne etwas schenken, aber ich habe so gar nichts bei mir, was ich dir schenken könnte."

Ich habe nur Hemd und Hose an und nichts in der Tasche.

Hinter der Meisterin blitzen erst einige, dann Hunderte von Edelsteinen auf, die in allen Farben funkeln; der Saal erfüllt sich mit glänzenden Lichtern.

Die Meisterin blickt mich wohlwollend an und spricht:

„Wir haben hier alle Schätze dieser Welt in unserem Berg, wir brauchen nichts. Wenn du mir ein Geschenk machen willst, dann ist es eines: Vergiss niemals deine Lebensaufgabe und schaue dir oft den kleinen Stein an. Gut wird es sein, wenn du dir einen Schild machst, mit dem du stets dich und deinen Stein verteidigen kannst. Ein solcher Schild wird dich schützen und dir gestatten, deinem Wege zu folgen. Und nun geh! Alle guten Wesenheiten seien mit dir." –

Die Frau löst sich in nichts auf, die Höhle verschwindet, und ich liege mit Schmerzen in den Gliedern, einem Brummen im Kopf und nur wenig Klarheit darin, im Versammlungshaus unseres Dorfes.

Jemand netzt mir die Lippen, und jemand sitzt neben mir und hält mir die Hand. Dies ist der Augenblick, in dem der Ruf erschallt: „Der Junge lebt!" –

Wie ich später erfahre, hatte ich soeben die Lider bewegt. Garann ist es, der mich gerade mit Wasser erfrischt, und meine Mutter ist es, die mir die Hand hält. –

Nach und nach kehre ich in die Gegenwart zurück, nehme wahr, was um mich herum geschieht, spüre meinen Körper und bekomme nach weiteren drei Tagen richtigen Hunger. Schließlich kann man mich aufrichten und mir einen Löffel Suppe reichen. –

13. Willensfreiheit

Es dauert einige Wochen, bis ich wieder in dieser Welt angekommen bin, bis ich wieder wie gewohnt gehen und wie gewohnt essen kann. Ich denke, sehe und fühle wieder wie

78

früher, und das, was ich erlebt habe, erscheint mir wie ein Traum. Die Art, wie mich meine Mutter versorgte und verwöhnte, die Art, wie alle anderen liebevoll mit mir umgingen, war schon etwas Besonderes. Doch es besteht kein Zweifel: Die Geschichte mit dem kranken Jungen hat sich tatsächlich so zugetragen, als alle fürchteten, der Junge müsse sterben, und als er schließlich doch überlebte.

Und dann ist da noch etwas: Ich finde in meiner Hosentasche einen kleinen, flachen, durchsichtigen Stein, den ich vor allen anderen verborgen halte. Als ich einmal allein bin und gutes Licht habe, nehme ich den Stein aus der Tasche und betrachte ihn neugierig. Der Stein ist durchsichtig wie Wasser; in seinem Innern sehe ich eine Landschaft in verschiedenen Farben schillern: Unten ist ein mit Moos bedeckter Waldboden zu sehen; das Moos glänzt in einem satten Grün; rechts steht ein alter Baum, in dem eine Eule mit großen Augen in die Nacht schaut; links ist das Moos von einem munter fließenden, glitzernden Bach begrenzt, der tatsächlich in dem Stein kleine Wellen schlägt, und über allem schwebt die funkelnde Decke des Saales der Großen Meisterin. Als jemand sich nähert, verberge ich den Stein rasch wieder in meiner Hosentasche: Er ist mein Geheimnis. –

Eines Tages bringt ein Bote mir die Botschaft, der Weise vom Dorf am Berg wünsche mich zu sprechen. Er erwarte mich am folgenden Tage gegen Abend, wenn die Sonne gerade untergehe.

Ich bin früh zur Stelle. Ich warte in gebührendem Abstand vor dem Hause. Nach einiger Zeit öffnet sich die Tür, und der Weise tritt hervor. Ich bin überrascht, denn der Mann ist weder alt noch trägt er einen langen weißen Bart. Er sieht jung aus mit einem strahlenden Lächeln und mit leuchtenden Augen. Meine Ehrerbietung, mit der ich zu ihm gekommen war, weicht einem Gefühl des Angenommen-Seins und der Zuneigung. Der Weise sieht mich aufmerksam an und bittet mich mit einer Geste, einzutreten. Ich versuche, eine achtungsvolle Begrüßung zustande zu bringen, was mir nur unvollkommen gelingt. –

In dem Hause ist es dunkel; nur eine Kerze beleuchtet die einfache Ausstattung. Der Weise bietet mir mit einer Handbewegung einen Sitzplatz an, jedoch warte ich, bis er sich selbst auf seinen Platz gesetzt hat.

Eine lange Zeit des Schweigens. Endlich beginnt der Weise:

„Du warst auf einer Reise, weit fort von hier. Du hast eine große und eine kleine Aufgabe mitgebracht. Es ist an der Zeit, die kleine Aufgabe zu erfüllen, damit danach die große Aufgabe angegangen werden kann."

Ich weiß nicht, was er meint. So blicke ich ihn fragend an. Der Weise fährt fort:

„In dem Dorfe am Fluss gibt es einen Waffenschmied, der wird dir behilflich sein, deine erste Aufgabe zu lösen. Ich werde ihm eine Botschaft zukommen lassen, damit er dein Anliegen versteht." Und weiter: „Erzähle mir von deiner Reise!"

Was meint er? Wovon spricht er? Meine Reise? Es bricht aus mir heraus:

80

„Die Große Meisterin!"

Er erwidert:

„Ja, wir kennen sie. Sie hilft uns und sie leitet uns. Es ist ein Glück, dass du bei ihr warst. Wir haben große Hoffnungen in dich."

Er sieht mich weiter freundlich-fragend an. Als nächstes fällt mir ein:

„Die Eule!"

Er ruft aus:

„Es ist gut, es ist gut! Ich wusste es! Du wirst vieles sehen; einiges wird dir gefallen, anderes nicht. Es wird zu unserem Nutzen sein, und es wird unserer Erkenntnis dienen. Das Verstehen, das Verstehen der Dinge!"

Mir wird wiederum klar, dass ich eine wichtige Aufgabe bekommen habe. Habe ich die Wahl, sie anzunehmen oder abzulehnen? Habe ich überhaupt eine freie Entscheidung? Auf einmal steht dieses Rätsel, mit dem ich mich schon seit langem beschäftige, in leuchtenden Farben vor meinem geistigen Auge. Ich ergreife die günstige Gelegenheit und erkundige mich:

„Haben wir Menschen einen freien Willen? Können wir selbst bestimmen, was wir tun, oder werden wir von Geistwesen gelenkt?"

„Du hast eine der schwierigsten Fragen gestellt, die es überhaupt gibt. Diese Frage entspricht nicht deinem Lebensalter. Die größten Weisen zerbrechen sich seit je den Kopf darüber, und auch sie kennen nur eine unvollständige Antwort. Da du dabei bist, schon in so jungen Jahren in die Gemeinschaft der Wissenden aufgenommen zu werden, will ich versuchen, dir zu antworten, so gut ich kann:

Wie du weißt, hat der Mensch einen irdischen, sterblichen Körper, der dem Körper der Tiere ähnlich ist, und eine unsterbliche Seele, die sich diesen Körper als Wohnstatt für ein Erdenleben lang erwählt hat. Die unsterbliche Seele hat in so manchen Erdenleben und in den Belehrungen zwischen den Leben viele Erfahrungen gemacht, von denen das Alltags-Bewusstsein des Menschen nichts weiß. Die unsterbliche Seele tritt nun in einen unwissenden irdischen Körper ein, der von seinen körperlichen Trieben, von seinen Sinnen und von seinen Gefühlen beherrscht wird. Im günstigsten Falle ergänzen sich die beiden, Körper und Seele, zu einem einträchtigen Ganzen. Im nicht so günstigen Falle verstehen sie sich nicht, und der irdische Körper mit seiner begrenzten Einsicht macht Sachen, die den guten Absichten der Seele zuwiderlaufen.

Das klingt alles wenig anschaulich. Man sollte am besten immer in Beispielen denken. Daher nun ein Beispiel:

Der irdische Körper eines meiner Nachbarn ist dem täglichen Genuss von Met verfallen. Er trinkt oft zu viel davon, verliert dann die Selbstbeherrschung und schadet sich und seiner Familie. Seine Seele hingegen war auf die Erde gekommen, um die Familie zu beschützen und um gegen jede Art von Sucht anzukämpfen; um die Sucht zu überwinden, der er in früheren Verkörperungen schon verfallen war. Ein solcher Vorsatz war von dem Rat der Großen Weisen Lehrer im Jenseits empfohlen worden. Mit dieser Aufgabe war er, mit

82

seiner eigenen ausdrücklichen Zustimmung, wieder auf die Erde gekommen. Jedoch hat er seine Lebensaufgabe vergessen. Bevor wir in einen neuen irdischen Körper hineingeboren werden, müssen wir einen Fluss durchschwimmen, in welchem alle Erinnerungen gelöscht werden. Wir sind so sehr mit Schwimmen beschäftigt und so sehr auf unser Ziel ausgerichtet, nämlich auf ein neues Leben am anderen Ufer, ein Leben auf dieser Welt, dass wir alles Frühere vergessen. Das Bild vom Durchschwimmen des Flusses entspricht dem Vorgang der körperlichen Geburt, welcher in seiner besonderen Bedeutung nur noch mit dem Tode vergleichbar ist. Beide sind ein vollkommener Wechsel des Seins, bei der Geburt von einer rein geistigen Ebene in eine irdische und dann beim Tode wieder von einer irdischen Ebene in eine rein geistige.

Mein lieber Dhoaram, du hast mich etwas sehr Schwieriges gefragt; die Antwort fällt daher etwas länger aus und ist nicht so einfach. Wie wir dich kennen als den Wissbegierigen, bist du im Aufnehmen von geistiger Nahrung unermüdlich. Ich fahre also fort:

So weiß mein Nachbar nichts von seinen guten Vorsätzen und seiner Lebensaufgabe. Statt dessen findet er sich im Zustand der Trunksucht wieder. Das körperliche Verlangen nach Met ist für ihn unwiderstehlich. In Augenblicken der geistigen Klarheit ist er sich seines Zustands bewusst, das heißt, er weiß, dass er süchtig ist, dass er sich und seine Familie ruiniert, und wenn es hochkommt, weiß er, dass er der Versuchung des Mets hilflos ausgeliefert ist. –

Jetzt kommt deine Frage nach dem freien Willen und nach der Selbstbestimmung des Menschen. Ich habe das

Beispiel der Trunksucht gewählt, weil sich an diesem Beispiel deine Frage deutlich erläutern lässt. Was meinst du: Ist dieser Mensch selbstbestimmt, oder ist er das Opfer seiner Triebe oder böser Geister?"

„Ich …, ich weiß nicht …"

Die Sache ist mir über den Kopf gewachsen. Ich bedauere schon, die Frage unbescheiden gestellt zu haben. Aber mein innerer Kampf ist schon entschieden: Mein Wissensdurst siegt! Ich bezwinge mich und bin wieder hellwach. Der Weise vom Dorf am Berg sieht dies und fährt fort:

„Wenn er sich an seine Absprachen mit dem Rat der Großen Weisen Lehrer im Jenseits erinnern könnte, dann könnte er vielleicht die Kraft aufbringen, sein Verhalten zu ändern. Wenn er sich an das viele Leid erinnern könnte, das er in früheren Leben durch sein Suchtverhalten schon durchlebt und anderen zugefügt hat, dann könnte er vielleicht die Kraft aufbringen, sein Verhalten zu ändern. Aber er erinnert sich nicht, und was das Schlimmste ist: Sein Körper und sein Bewusstsein sind schon so vom Met vernebelt, dass er weder einen klaren Gedanken noch einen festen Entschluss fassen kann.

Ich möchte dir, lieber Dhoaram, vier Möglichkeiten nennen, was sich nun ereignen kann:

Erstens ist es wahrscheinlich, dass der arme Kerl im Trunke endet. Dann müssen wir mit Bedauern feststellen, dass er seine Lebensaufgabe nicht erfüllt hat. Er hat sein Leben hier verpfuscht, vertan, und noch schlimmer: Er hat auch anderen geschadet, vor allem seiner Familie. Dann muss er zurück in die jenseitige Schule, vieles verstehen, neue Pläne schmieden und alles noch einmal von vorne versuchen. Vergeudete Zeit, vergeudete Möglichkeiten, vergeudetes Leben!

Zweitens mag es sein, dass seine Seele so stark ist, dass sie ihn doch noch auf den rechten Pfad zurückbringt. Dazu ist das Elend, das er anrichtet, ein Hilfsmittel. Wenn es ganz schlimm kommt, wenn er krank und ausgestoßen sein wird, kann es sein, dass die Seele ihn daran erinnert, dass es auch anders möglich ist, dass es eine andere Möglichkeit gibt, sein Leben zu leben, ohne es zu zerstören. Denn die unsterbliche Seele hat immer Gutes im Sinn, und manchmal gelingt es ihr, noch eine Wende herbeizuführen. Wenn wir aufmerksam sind im Leben, dann sind uns die schlechten Erfahrungen, die wir machen, Hinweise darauf, was wir anders machen können. Wenn wir unsere schlechten Erfahrungen als unsere Lehrmeister ansehen, und wenn wir aus dem Gelernten die nötigen Schlussfolgerungen ziehen, dann haben wir bald gewonnen.

Drittens gibt es noch einen Rettungsanker, der ist das Gewissen. Wenn wir in uns hinein hören und wenn wir sittlich noch nicht völlig heruntergekommen sind, dann gibt es dort eine Stimme, die uns sagt, was uns und anderen guttut und was nicht. Wenn wir wissen, dass wir in unserem Leben eine Aufgabe haben, dass wir einen Lebensplan haben, dann können wir bei schwierigen Entscheidungen oder in Notsituationen unser Gewissen fragen. Das Gewissen ist so etwas wie ein Wegweiser in einem Wald, dessen Form und Größe, dessen Tiefe und Weite wir nicht ermessen.

Viertens gibt es noch die Möglichkeit, sich an die Schule im Zwischenreich zu erinnern und sich zu erinnern, welche

Aufgabe man von dorther mitgebracht hat. Das ist dir widerfahren, du Glücklicher! Wir kennen keine Möglichkeit, diese Erinnerungen absichtlich herbeizuführen. Große Weise und Große Zauberer haben diese Erinnerung und kennen ihren Lebensplan. Dann ist es wirklich eine freie Entscheidung, dem Plan zu folgen oder auch nicht. Genauso wie es im Jenseits eine freie Entscheidung war, einen Vorschlag des Rates der Großen Weisen Lehrer anzunehmen oder abzulehnen. Man kann es schwer glauben: im Jenseits haben wir wirklich die Wahlfreiheit; es ist uns dort bewusst, dass wir sie haben, und wir werden ausdrücklich darauf hingewiesen. Das heißt, dass wir im Jenseits freier sind in unseren Entscheidungen als hier, und zwar einfach deshalb, weil wir dort nicht den Trieben eines irdischen Körpers und der Uneinsichtigkeit eines schwachen Verstandes ausgeliefert sind."

Ich, Dhoaram, fasse zusammen: „Obwohl wir unseren Lebensplan nicht kennen, haben wir doch verschiedene Möglichkeiten, diesen zu erfüllen: Die Fehler, die wir machen, der Schaden, den wir anderen und uns selbst zufügen, das Leid, das wir erdulden, zeigen uns, dass wir nicht auf dem richtigen Wege sind und fordern uns auf, es besser zu machen."

Und ich frage: „Ist es nicht so, dass unsere Helfer in der unsichtbaren Welt, unsere Engel, uns behilfliche sind, unserem Plan zu folgen?"

Der Weise nickt zustimmend.

Ich frage: „Wie können wir hier, in unserem Leben auf der Erde, einen freien Willen bekommen?"

Der Weise antwortet: „Wenn wir bisher nur wenige Male auf Erden gelebt haben, haben wir noch wenige Erfahrungen gemacht und sind noch abhängig von dem tierischen Anteil in uns. Erst im Laufe vieler Erdenleben können wir uns nach und nach von den Forderungen unseres Körpers befreien und einen unabhängigen Geist entwickeln. Unser Geist wird dann immer ähnlicher dem Geist, den wir bei unserem Aufenthalt im Jenseits hatten, und wird immer unabhängiger von den Genüssen, den Verführungen und den Ängsten des hiesigen Lebens. Umso freier wird unser Wille."

Ich frage: „Wie frei ist mein Wille? Wie kann ich das feststellen?"

Der Weise antwortet: „Du kannst dich selbst beobachten. Was ist dir wichtig? Was möchtest Du erreichen? Was erfreut dich und was macht dir Kummer? Welche Vorlieben hast du und welche Abneigungen? Was macht dir Sorgen und wovor hast du Angst? All das zeigt dir, wie sehr du noch dieser Welt verhaftet bist. Wenn du weiter fortschreitest, wirst du gelassener sein und unabhängig von all dem."

Ich frage: „Und wird das Leben dann einfacher, wenn der Wille freier wird?"

„Mitnichten! Je freier du bist, desto mehr Verantwortung trägst du. Für die Pflanzen, für die Tiere und für die Menschen. Denn deren und unser Leben hier auf unserer Erde hat das unendliche Welten-Bewusstsein so gewollt. Diesem Willen sind wir verpflichtet. Freiheit schenkt dir Aufgaben.

Außerdem ist es so: Je öfter du hier gelebt hast, desto mehr Erfahrungen hast du gemacht. Diese sind dir zwar nicht bewusst; sie schlummern in deiner Seele. Der Mensch ist die Summe seiner Erfahrungen. Deine Ängste und Sehnsüchte, deine Vorlieben und deine Abneigungen, deine Talente und dein Versagen stammen aus früheren Leben. Nur so sind die oft unerklärlichen Wesenszüge eines Menschen zu erklären.

Der Weise ist gut aufgelegt, und ich ergreife die Gelegenheit, ihm noch eine Frage zu stellen, die mir schon seit langem auf der Seele liegt:

„Unsere Schutzgeister, unsere geistigen Helfer aus der anderen Welt, können die uns böse sein?"

„Wir nennen sie unsere Engel. Sie sind immer hilfreich, auch wenn du grobe Fehler gemacht hast. Um dein Wort zu benutzen: Sie sind uns niemals böse. Sie zürnen uns nicht. Wenn du etwas falsch gemacht hast, vielleicht einem anderen Menschen geschadet hast, so helfen sie dir ohne Groll. Vielleicht helfen sie Dir, den Schaden wieder gut zu machen; vielleicht helfen sie dir, die nötigen Lehren daraus zu ziehen.

Die Engel stellen dir keine Fallen, sie bauen dir keine Hindernisse auf, sie stellen dir keine Aufgaben. Deine Aufgaben hast du dir im Jenseits selbst gestellt, die Engel helfen dir nur, sie zu erfüllen."

Ich frage, etwas kindlich: „Du sagst, die Engel sind uns niemals böse. Sie sind also immer lieb?"

„Nein. Sie sind immer auf dein Bestes bedacht. Wenn du störrisch bist und ihre Hilfe nicht annimmst, dann überlegen sie, wie sie dich doch noch auf den rechten Pfad zurückbringen können. Dazu müssen sie womöglich ziemlich deutlich, ziemlich streng werden; doch auch das ist liebevoll."

Nach einem langen Schweigen ist der Empfang offenbar beendet. Ich weiß nicht, wie ich dem Weisen Mann danken soll. Ich stehe auf, mache eine tiefe Verbeugung und verlasse still das Haus. –

Die Antworten auf meine Frage nach der Willensfreiheit haben mich tief beindruckt, obwohl ich nicht alles verstanden habe. Bei meinem nächsten Treffen mit Milum frage ich:

„Onkel Milum, wann habe ich die Willensfreiheit? Vergangene Entscheidungen kann ich nicht mehr ändern, zukünftige Entscheidungen stehen noch nicht an. Also kann ich freie Entscheidungen nur im JETZT treffen. Wann ist dieses JETZT?

„Mein lieber Neffe Dhoaram, du denkst genau. Das JETZT ist kürzer als ein Wimpernschlag, was vor dem Wimpernschlag war, ist schon Vergangenheit, was nach dem Wimpernschlag sein wird, ist noch nicht in der Wirklichkeit. Das JETZT ist so kurz, dass wir es zeitlos nennen müssen. Es ist die Grenze zwischen Vergangenheit und Zukunft."

„Und in diesem unendlich kurzen Moment habe ich die Willensfreiheit, kann ich sie ausüben?"

„Es ist so, als ständest du auf einem schmalen Grat in den Bergen. Links geht es hinab in die Vergangenheit, rechts geht es hinab in die Zukunft. Der Grat ist so scharf wie ein Messer, er hat keine Breite.

Die Vergangenheit hat keine Dauer; sie ist, immer weiter zurück gedacht, unendlich lang. Die Zukunft hat keine Dauer; sie ist, immer weiter nach vorn gedacht, unendlich lang."

14. Die Liebesschule

Eines Tages lädt mich die Alte mit der Adlernase für den nächsten Abend zu sich nach Hause ein. Ich weiß überhaupt nicht, was mich erwartet, gewöhne mich aber langsam an überraschende Einladungen. Am folgenden Abend ist die Alte mit der Adlernase anwesend, zudem eine Frau in mittleren Jahren mit roten Haaren, und eine andere Nachbarin. Nach einer steifen Begrüßung wendet sich die Alte mit der Adlernase an mich mit den Worten:

„Mein lieber Dhoaram, du kommst jetzt in ein Alter, wo du etwas über die Liebe lernen solltest; ich meine die Liebe zwischen Mann und Frau. Ehe du in das Erwachsenenalter eintrittst, solltest du hierin einige Erfahrungen haben, um deiner zukünftigen Frau ein guter Liebhaber und Ehemann zu sein. Junge Männer sind ohne einen entsprechenden Unterricht darin doch oft recht ungeschickt."

Es entsteht eine Pause; ich weiß nichts zu sagen und warte ab. Die Alte fährt fort:

„Es ist in unserem Volke üblich, dass eine erfahrene Frau einen jungen Mann wie dich, bevor er in die Gemeinschaft der erwachsenen Krieger aufgenommen wird, also vor der zweiten Einweihungsfeier, in die Liebe einführt. Dazu hat sich dankenswerterweise unsere liebe Freundin – sie deutet auf die Rothaarige – bereit erklärt. Wenn du einverstanden bist – und ich bin sicher, du wirst diesen Dienst zu schätzen wissen – dann könnt ihr euch zu einer der kommenden Nächte verabreden."

Die Rothaarige hatte mich schon seit meinem Eintreten mit lüsternem Blick von oben bis unten gemustert, und ich habe den Eindruck, ihr läuft schon das Wasser im Munde zusammen, bildlich gesprochen. Sie rutscht nach den Worten der Alten unruhig auf ihrem Gesäß hin und her und erwartet offenbar meine Antwort.

Mir ist heiß und kalt, ich werde rot und blass. Ich raffe all meinen Mut zusammen, stolpere hinaus und verstecke mich für drei Tage und drei Nächte im Wald. Im Schlafe sehe ich dort die rothaarige Liebeslehrerin in der Gestalt der Ehefrau Zipps' aus unserem vorvorigen gemeinsamen Leben, mit der ich ein unerlaubtes Verhältnis hatte. –

– Wie ich später erfuhr, hat das ganze Dorf
über diese Geschichte herzlich gelacht. –

———

15. Tiere und Menschen

Nach und nach wird mir klar, dass ich Fähigkeiten habe, die nicht jeder hat, und nicht jeder hat eine Reise in die andere Wirklichkeit getan. Hinzu kommt, dass mir viel Aufmerksamkeit von den Männern geschenkt wird, die ich „Die Wissenden" nenne, so Onkel Milum, der Weise vom Dorf am Berg, die Zauberer und die Heiler der verschiedenen Dörfer. Zu dieser Zeit habe ich noch wenig Verbindung zu den Weisen Frauen, aber das soll sich bald ändern.

Es ergibt sich, dass ich in das Dorf am Fluss von einem Großen Heiler zu einem Besuch in sein Haus eingeladen werde. Ich darf all seine Sachen bestaunen, die er für seine Heilungen benötigt, und ich frage ihn:

„Großer Heiler, du heilst mit Unterstützung der Tiere, stimmt das?" Ich traue mich, diese Frage zu stellen, da ich weiß, dass er von meinen Reisen Kenntnis hat.

„Ja, das stimmt. Die Tiere sind meine Helfer."

Pause, und danach:

„Wenn ein Kranker zu mir kommt, dann muss ich wissen, welche feierliche Handlung ihm helfen kann. Da es so viele verschiedene Krankheiten gibt, deren Ursachen wir nicht kennen, brauche ich die Hilfe der Tiere. Hinzu kommt, dass jeder Mensch einzigartig ist. Obwohl manchmal, äußerlich betrachtet, zwei Menschen die gleiche Krankheit haben, müssen sie meist doch unterschiedlich behandelt werden. Wenn ein Kranker zu mir kommt, dann sehe ich eine Vielzahl von Eigenschaften und Verhaltensweisen vor mir, die ich unmöglich alle durchschauen kann. Die Krankheit nur mit einem Namen zu belegen, ist ihm noch keine Hilfe."

Ich bin mutig und frage rundheraus:

„Wie bekommst du die Hilfe der Tiere?"

„Ich weiß, dass du selbst auf einer Reise warst. So kann ich dir darüber berichten. Da du noch jung bist, wird es dir helfen, den Sinn des Reisens besser zu verstehen.

Ein reisender Heiler hat die Gabe, bei Bedarf eine Reise in die andere Welt zu tun. Mit der Trommel leite ich die Reise ein; die Trommel ist meine Begleiterin, die mich in die andere Wirklichkeit führt. Andere reisende Heiler nehmen als Begleiter einen Trank vom Fliegenpilz, aber dabei kommt es zu Unfällen, wenn jemand zu viel davon nimmt; daher bevorzuge ich die Trommel."

Ich selbst, Dhoaram, hatte meine Reise, die bei der Großen Meisterin im Berg endete, ohne Trommel und ohne einen Trank vom Fliegenpilz getan und wundere mich. Der Heiler ist gesprächig und fährt fort:

„In der anderen Wirklichkeit begegne ich einem oder mehreren Tieren, die ein großes Wissen über das Heilen haben. Ich trage ihnen mein Anliegen vor, und wenn alles gut geht, zeigen sie mir die heilende Handlung, die ich bei dem betreffenden Kranken anwenden kann. Dann kehre ich in unsere Welt zurück und vollziehe die gezeigte Handlung, zu der ich einige der Gegenstände, die du hier siehst, benötige. Manchmal, oder sogar ziemlich oft, muss ich zuerst hinaus in den Wald, um das Benötigte, wie zum Beispiel Holz, Blätter, Kräuter, besondere Steine, herbeizuschaffen."

Der Heiler schaut mich an, als ob er fragen wollte, ob ich alles verstanden habe. Ich habe viele Fragen, will nicht unbescheiden sein und wage es, mich vorsichtig zu erkundigen:

„Welche Tiere haben dieses Wissen?"

„Es sind vor allem kleine Vögel, die in der Heilkunst Bescheid wissen. – Überdies: Wenn ich in die andere Welt gehe, begrüßt mich dort das Tier, das ich selbst bin, nämlich der Biber. Wir geben unserer Freude Ausdruck, uns wiederzusehen, und dann erläutere ich dem Biber mein Anliegen. Er geleitet mich zu dem Vogel, etwa zu einem Zaunkönig, der in diesem Falle Bescheid weiß. Dieser führt mir die Handlungen vor, die ich im Einzelnen auszuführen habe, wobei seine lustigen Bewegungen und das Geschrei, das er dabei veranstaltet, schon sehr zum Lachen sind. Er stellt mir bei seinen Verrenkungen und Flügelschlägen die Hilfsmittel vor, die benötigt werden, wie zum Beispiel Kieselsteine, Knochen, Laub, Räucherwerk, eine Rassel, den Schwanz eines Fuchses."

„Wirst du immer heilen können?"

„Nicht ich heile, sondern die guten Geister tun es. Es gibt Krankheiten, die nicht geheilt werden können. Manchmal muss eine Krankheit durchgestanden werden, weil sie uns etwas lehrt; in einem anderen Falle wird jemand sie behalten müssen bis an sein Lebensende, wenn dies sein Schicksal ist, oder die Krankheit führt rasch zum Tode, wenn die Zeit gekommen ist.

„Weißt du das im Vorhinein?"

„Ja. Das sagt mir eine innere Eingebung. Oder, wenn ich die nicht habe, sagt es mir der Biber. Oder der Vogel spricht streng mit mir und erklärt mir die Sache. So werde ich daran gehindert, eine Heilung zu versuchen, wenn sie nicht möglich ist."

„Wenn du eine Heilung versuchst, dann wird sie immer erfolgreich sein?"

„Ja, und die Menschen wissen das. Ein Heiler, der nicht heilt, ist kein Heiler. Manchmal muss ich einen Bittsteller fortschicken, weil eine Heilung aus diesem oder jenem

Grunde nicht möglich ist. Das wird dann von den Menschen angenommen, da sie wissen, dass durch mich nur dann Heilung geschehen kann, wenn die allumfassende Weisheit sie wünscht.

„Was ist der Unterschied zwischen einem Heiler und einem Zauberer?" will ich wissen.

„Ein Heiler heilt einzelne Menschen und manchmal Tiere oder Pflanzen durch seine heilende Arbeit, wobei er stets die guten Geister um ihre Hilfe bittet. Ein Zauberer kann etwas Allgemeineres bewirken, das allen Menschen zu Gute kommt, wie zum Beispiel Regen machen, wenn es im Sommer lange Zeit trocken war, oder den Blitzschlag umlenken oder eine Krankheit vom Dorfe fernhalten. Ein Zauberer kann auch in Einzelfällen helfen, vor allem gegen schlechte Einflüsse.

Regenmacher können gewöhnlich nichts anderes als Regen machen. Es gibt Zauberer, die manchmal auch einzelne Wesen heilen können, und es gibt Heiler, die ein wenig zaubern können. Oft sind beide Fähigkeiten in gewissem Maße in einem Menschen vereinigt, bei dem einem etwas mehr von dem einen, beim dem anderen etwas mehr von dem anderen."

„Kann ein Regenmacher immer Regen machen, wann er will?"

„Nein. Ein Regenmacher kann nur dann Regen machen, wenn das Land trocken ist und wenn Pflanzen, Tiere und Menschen dürsten. Er weiß es, wann der richtige Zeitpunkt gekommen ist. Wenn er versuchen würde, zur Unzeit Regen zu machen, dann würde er keinen Erfolg haben, und er würde seine Macht verlieren. Wenn seine Kunst jedoch gebraucht wird, dann muss er es tun: Dann wird es Regen geben, und die Welt wird wieder ins Gleichgewicht kommen. Regnen und Regen-Machen sind wie die Henne und das Ei; sie sind wie zwei Seiten einer Hand." –

„Welche Tiere haben welche besonderen Fähigkeiten?"

„Das Tier, das ich selbst bin, ist stets an meiner Seite und hilft mir in allen Lebenslagen. Mein Biber begrüßt mich, wenn ich in die andere Welt gehe, und führt mich an den Ort, wo ich die Heilmittel finde, die ich brauche. Er ist auch in unserer gewöhnlichen Welt hier bei mir. Manchmal besucht er mich in meinem Haus, und wir fühlen uns miteinander wohl. Manchmal bringt er seine Frau und seine Kindlein mit und stellt sie mir stolz vor. Ein andermal gibt er mir Ratschläge, zum Beispiel, wie ich mein Haus besser gegen Feuchtigkeit schützen kann." –

Bei dieser Schilderung fällt mir ein, dass manchmal nachts eine Eule auf unserem Dach sitzt, was ungewöhnlich ist, da Eulen dieser Art, die ich selber bin, die Nähe der Menschen meiden. Einmal saß sie sogar in unserem Hause im Gebälk über meinem Bett. Ich war so verdutzt, dass ich sie nur anstarren konnte, und sie blickte mich mit ihrem durchdringenden Blick in ihrer allwissenden Gelassenheit ebenfalls an. Dann öffnete ich das Fenster, und die Eule flog davon. –

Der Heiler fährt fort:

„Kleine Vögel haben, wie gesagt, ein Wissen über Krankheiten und über das Gesundwerden. Andere Tiere sind dazu da, uns rasch von einem Ort zu einem anderen zu bringen, denn die Wege in der anderen Welt sind oft weit. So können uns die Tümmler durch das Wasser leiten, oder die Schwäne können uns auf dem See auf den Rücken nehmen, oder der Adler kann uns durch die Lüfte tragen.

Andere Tiere haben große Kraft, wie zum Beispiel der Bär oder der Löwe, und auch ein Tier, das es hier bei uns nicht mehr gibt, welches Mammut heißt. Das Mammut ist hier zwar ausgestorben, lebt aber nach wie vor mit seine ganzen Kraft in der geistigen Welt, die uns umgibt. Wieder andere Tiere besitzen tiefe Weisheit, und man kann sie etwas fragen, wenn man die Welt nicht mehr versteht. Zu jenen zählen die Schlange und das Mammut, das ich schon erwähnte."

„Wie kann es sein, dass die Tiere so vieles wissen und so vieles können und uns so sehr helfen, und dass sie doch oft so grausam sind und andere Tiere jagen und fressen und manchmal uns Menschen anfallen, verletzen oder gar töten?"

„Die Tiere sind zwei Wesen in einem. Das eine Wesen ist die unsterbliche Seele des Tieres, welche Weisheit und Güte besitzt. Die unsterbliche Seele des Tieres ist dem Menschen in Liebe zugetan und hilft ihm, wo sie nur kann. Wir begegnen ihr in ihrer reinen Form auf unserer Reise in die andere Welt. Das andere Wesen ist das sterbliche Tier, das geboren wird, lebt und stirbt. Dieses andere, irdische Wesen lebt durch seine Triebe, seine körperlichen Bedürfnisse wie die Nahrungs-Aufnahme, seinen Selbsterhaltungs-Trieb und seinen Vermehrungstrieb, durch seine Gefühle und Sinneseindrücke. Die beiden Wesen, die in einem Tier vereinigt sind, müssen nun sehen, wie sie miteinander zurechtkommen. Hier auf dieser Welt gewinnen oft die Triebe die Oberhand, was zu Verhaltensweisen führen kann, die in unseren menschlichen

Augen gewalttätig und grausam erscheinen. So müssen Raubtiere andere Tiere anfallen und töten, um sich auf ihre Weise zu ernähren. In der Weisheit der Welt hat alles seine Richtigkeit, auch wenn wir es nicht immer verstehen."

„Und wie ist das bei uns Menschen mit den zwei Anteilen?"

„Auch wir sind zwei Wesen in einem, genauer gesagt, sind wir drei: Einmal die unsterbliche Seele, dann der Körper, der dem der Tiere gleicht, und schließlich noch der Verstand, den die Tiere nicht haben. Hierzu gehört auch die Voraussicht. Der Verstand ermöglicht es uns, Zusammenhänge zu verstehen, die dem Tiere verborgen sind. Er ermöglicht es uns, über Geburt und Tod nachzudenken; er ermöglicht es uns, den Lauf der Gestirne zu kennen; er erzeugt eine immer vorhandene, dumpfe Angst vor dem Tode. Der Verstand und unsere geschickten Hände ermöglichen es uns, Werkzeuge zu erfinden, und sie versetzen uns in die Lage, unsere Umwelt so zu gestalten, wie wir sie gerne haben möchten.

Das bringt die Gefahr mit sich, dass wir des Guten zu viel tun und zu viele Bäume fällen, zu viele Tiere töten, und ein Ungleichgewicht in die Natur bringen. Unser Verstand bringt die Gefahr mit sich, dass wir eitel und überheblich werden und glauben, uns über die Natur stellen zu können. Der Verstand bringt es mit sich, dass wir Verantwortung tragen für die Welt, in der wir leben, eine Verantwortung, die die Tiere nicht kennen, da es ihnen an Verstand mangelt. Jedoch haben sie ein reicheres Gefühlsleben als wir Menschen und eine bessere Beobachtungsgabe; wir müssen die Tiere achten und wertschätzen, sie hegen und pflegen, so gut wir können."

98

Ich frage: „Wie kann es sein, dass jemand zugleich ein Mensch ist und zugleich ein Tier, zum Beispiel eine Eule?"

„Du bist die Eule!" ruft der Heiler aus. „Das ist deine reine Form. Ohne Falsch und mit der Gabe, in die Vergangenheit und in die Zukunft zu schauen. Nutze diese Gabe mit großer Umsicht!" –

16. Mein neuer Schild

In jedem Jahr vier Wochen vor der Wintersonnenwende finden in einem der Dörfer unserer Nachbarschaft Wettkämpfe statt, bei denen die Kämpfer paarweise gegeneinander antreten. Meist ist von vornherein klar, welcher Kämpfer etwas wieder gut zu machen und um Verzeihung zu bitten hat. Es war vielleicht vorgekommen, dass er einem anderen nicht zur Hilfe geeilt war, als jener Mitarbeit brauchte, um sein Haus zu reparieren. Dieses ist ein einfaches Beispiel. Es mag sein, dass einer von einer jungen Frau den Vorzug bekommen hat, obwohl auch der andere ein Auge auf sie geworfen hatte. Es mag sein, dass einer sein neues Haus dorthin bauen durfte, wo der andere auch gerne sein Haus gebaut hätte. Ganz zu schweigen davon, dass einer dem anderen etwas fortgenommen hat, was diesem gehört. Solches kommt nur selten und nur bei einer Verwirrung des Geistes vor. Das sind schon ernstere Zwiste, die unbedingt einer Aussöhnung bedürfen. Dann treten die beiden Betroffenen zum Kampfe gegeneinander an. Meist sind die beiden Kämpfer aus demselben Dorfe.

Oder es hat jemand gegen die Regeln der Gemeinschaft verstoßen. So zum Beispiel mag es sein, dass einer auf der

Jagd versehentlich oder leichtsinnig ein Tier erlegt hat, welches nicht gejagt werden durfte. Oder einer hat beim Unkraut-Jäten Kräuter herausgerissen oder untergegraben, die die Heilerinnen benötigt hätten.

Wenn jemand in diesem Sinne gegen die Regeln der Gemeinschaft verstoßen hat, dann wird ein wohl-beleumundeter Kampfespartner für ihn ausgewählt.

Oder es kann sein, dass zwei Dörfer über etwas uneins sind, etwa über die Erlaubnis, wann und wo gejagt werden darf. Alsdann benennt jedes der beiden Dörfer einen seiner besten Kämpfer, die in einem tadellosen Rufe stehen, um den Streit zu schlichten.

Die Kampfesregeln entsprechen in jedem Jahr denen des Dorfes, in welchem die Kämpfe ausgetragen werden. Die Regeln sind in den verschiedenen Dörfern durchaus unterschiedlich. So wird in unserem Dorf zum Beispiel ohne Waffen gekämpft; wir nennen es Ringkampf. In dem Dorfe am Fluss hingegen wird mit Schwertern und Schilden gekämpft. So kommt es vor, dass eine Kampfesart den Kämpfern aus einem anderen Dorf ungewohnt ist und dass sie sich in den Monaten zuvor, so gut es geht, auf das Neuartige vorbereiten.

Der Wettkampf zwischen zwei Widersachern verläuft in zwei Runden wie folgt: In der ersten Runde verliert der Kämpfer, der etwas auf dem Kerbholz hat. Die Kämpfe werden kunstvoll ausgetragen: Obwohl niemand verletzt werden darf, muss alles den Anschein erwecken, als sei es den Kämpfern richtig ernst, doch das Ziel ist die Versöhnung und nicht der Sieg. Mit dem Verlust der ersten Runde hat der

Unterlegene seine schlechte Handlung eingestanden und abgegolten. In der zweiten Runde verliert der Kämpfer, der den anderen herausgefordert hat, und zwar um zu zeigen, dass er die Missetat vergeben hat und dass er, der Herausforderer, sich nicht über den anderen erheben will.

Wenn die Kämpfe beendet sind, verwandelt sich die Zusammenkunft in ein Fest, bei dem alle Anwesenden die Kämpfer zu ihrer Tapferkeit und zu ihrer Kampfeskunst beglückwünschen. Dabei schwingt der Stolz der Kämpfer mit, ihr eigenes Dorf würdig vertreten zu haben. Auf vielen Ebenen ist der Friede innerhalb der Dörfer und zwischen den Dörfern wiederhergestellt. Der Wettkampf ist eines unserer wichtigsten Feste und reinigt die Luft vor dem Jahreswechsel.

Ich erzähle diese Geschichte, um verständlich zu machen, was es für mich mit dem Waffenschmied im Dorfe am Fluss auf sich hat. In jenem Dorfe wird nämlich, wie ich schon sagte, mit Schwertern und Schilden gekämpft, und der Waffenschmied ist weit und breit der Einzige, der solche Waffen herstellen kann.

An einem der folgenden Tage begebe ich mich zu dem Waffenschmied und bitte um seine Hilfe. Er scheint keineswegs überrascht, sondern ist sogleich bereit, mir alles zu zeigen, was zur Herstellung eines Schildes nötig ist. Es ist ohne Frage klar, dass ich den Schild nicht in Auftrag geben kann, sondern dass ich ihn selbst herstellen muss.

Der Schmied zeigt mir einen Schild, und ich bin erstaunt, wie klein er ist. Der Schild misst etwa eine Elle im Durchmesser, und wenn man ihn an zwei Schlaufen, eine am Arm und eine mit der Hand, festhält, bedeckt er gerade einmal Hand und Unterarm. Der Schmied führt mir vor, wie man sich mit dem Schild gegen die Schläge des Schwertes eines Gegners verteidigt. Da der Schild klein und leicht ist, kann man ihn schnell in alle Richtungen bewegen und so dem Schwert entgegenhalten. Da überdies die Schwerter aus Holz sind, reicht ein so leichter Schild aus, um die Schläge abzuwehren.

Wie ich schon erwähnte, sind es keine ernsthaften Kämpfe. Sie werden nicht ausgeführt, um den Gegner zu verletzten oder gar zu töten. Es gab wohl früher ernste Kämpfe zwischen Dörfern und Stämmen; es mag sein, dass es so etwas noch heute in anderen, entfernten Gegenden gibt, aber hier brauchen wir keine scharfen Waffen, mit denen wir jemandem schaden könnten. Bei diesem Gedanken fällt mir ein, dass ich gar nicht weiß, wie groß die Welt ist und wie viele Völker es gibt.

Ich brauche zwei Wochen, um mir meinen Schild aus Schweinshaut herzustellen. Dann gehe ich an einem Vormittag zurück zu dem Waffenschmied und zeige ihm unsicher mein Kunstwerk. Der Waffenschmied fordert mich auf, ein paar Bewegungen mit dem Schild vorzuführen, wobei er mich mit seinem Schwert bedroht. Er ist mit meinem Schild und meiner bescheidenen Kampfeskunst zufrieden. Ich bedanke mich vielmals und verabschiede mich glücklich. Ich nehme den Schild mit nach Hause und hüte ihn wie einen Schatz. Wenn ich hinausgehe in den Wald, dann nehme ich den Schild zur Verwunderung der Menschen mit und schwinge ihn manchmal aus einer Laune heraus zur Abwehr der bösen Geister, obwohl ich noch keine bösen Geister gesehen habe.

Ich habe das Gefühl, dass der Schild nicht nur mich, sondern auch meinen durchsichtigen Stein gegen fremde Angriffe schützt. Vielleicht werde ich den Sinn des Schildes, seine Aufgabe und Wirkungsweise, später noch besser verstehen. Im Augenblick bin ich froh, dass ich die Anweisungen der Meisterin im Berg befolgt habe.

Des Nachts hänge ich den Schild neben mich an die Wand. Damit schütze ich mich gegen Angriffe aus dem Norden. Man hatte mir gesagt, dass die Geister, die mich bedrohen könnten, aus dem Norden kommen.

Übrigens vergaß ich noch zu bemerken, dass der Waffenschmied auch Bögen und Pfeile der besten Art herstellt und dass ich so Gelegenheit hatte, endlich an gerade Pfeile heranzukommen mit scharfen Steinspitzen. Ich will doch ein guter Jäger werden. Was die Jagd anbetrifft, verwenden wir natürlich richtige Waffen. –

17. Meine geliebte Mayra

Doch zurück zu dem Tage, an dem ich den Schild fertiggestellt habe und am späten Vormittag die Werkstatt des Waffenschmieds mit meinem neuen Schild stolz verlasse. Auf dem Wege zwischen den Häusern spricht mich eine junge Maid an und sagt:

„Was trägst du denn da, einen Schild? Es ist doch gar nicht die Zeit des Jahreswechsels und der Wettkämpfe! Und wo ist dein Schwert?"

„Ich, …, ich habe den Schild selbst gemacht und will ihn gerade nach Hause tragen."

„Ich weiß, ich habe dich schon zweimal gesehen. Du wohnst in dem Dorfe im Wald. Du wirst hungrig sein, wo du schon so früh am Morgen in unser Dorf gekommen bist. Komm mit zu meinen Eltern, du kannst mit uns zu Mittag essen."

Ich schaue mir die junge Frau genauer an. Sie hat strahlend blaue Augen und glänzend schwarzes Haar, welches einen leicht blauschwarzen Schimmer hat. Und es durchfährt mich wie ein Blitz: Das ist sie, sie ist meine Lebensgefährtin, sie ist meine große Liebe!

Sie nimmt mich, lustig tänzelnd, bei der Hand und zieht mich in das Haus ihrer Eltern. Ihre Eltern begrüßen mich warmherzig so, als ob sie mich erwartet hätten. Sie wissen meinen Namen, Dhoaram, und sie laden mich zum Essen ein. Die allgemeine Aufmerksamkeit gilt nicht nur mir, sondern auch meinem Schild, und ich versuche, so gut es geht, zu erklären, was es damit auf sich hat, ohne zu viel von meiner Reise zu verraten. Die Frage des nicht-vorhandenen Schwertes bleibt unberührt.

Mayra ist ausgelassen, und ihre Eltern beobachten uns vergnügt. Ich bemühe mich, sie nicht so erstaunt, verwirrt, verliebt anzustarren, und manchmal gelingt es uns, unsere Hände zu berühren, ohne dass jemand es merkt, wie wir meinen.

Nach dem Essen sitzen wir alle noch eine Weile beisammen, und plötzlich schießen mir die Tränen in die Augen, ich werde überwältigt von Freude und Glück und lege meinen Kopf auf Mayra's Schulter. Sie streichelt mein blondes Haar;

es herrscht im Raume ein verständnisvolles Schweigen und ein stilles Einvernehmen. –

Fortan besuche ich Mayra und ihre Eltern häufig, und bisweilen kommt sie mit ihrem Bruder zu uns in das Dorf im Walde zu Besuch. Meine Mutter heißt die beiden herzlich willkommen und ist mit unserer Verbindung offensichtlich einverstanden. Auch die Bewohner beider Dörfer scheinen zuzustimmen. So schwebe ich im siebten Himmel, und Mayra schwebt mit.

Unsere Liebe ist keine körperliche, so wie Ehepaare sich lieben, wenn sie Kinder haben wollen. Es ist eine Liebe der Seelen in dem Wissen, dass wir schon oftmals gemeinsam auf Erden gelebt haben. Und wir sind ein schönes Paar, welches vielfach Bewunderung hervorruft. Der Gegensatz ist auch zu lustig: Der blonde Jüngling und die Maid mit dem blauschwarzen Haar!

Nach und nach berichte ich Mayra von meinen Erlebnissen und nehme ihr das Versprechen ab, nicht mit anderen darüber zu sprechen. Mayra ihrerseits erzählt mir von ihren Träumen und von ihren Erinnerungen an frühere Leben. So lernen wir uns mit der Zeit näher kennen und verstehen. Wir vertrauen uns so manche kleinere und größere Not an. Damit verstärkt sich nicht nur unsere Liebe, sondern auch unsere Freundschaft.

Es ist nicht nur unser beider Gefühl, dass wir schon über viele Leben hinweg ein gemeinsames Schicksal haben, es wird uns auch zur Gewissheit, dass wir uns regelmäßig in den Lerngruppen zwischen den irdischen Leben getroffen haben.

Manchmal erscheint mir Mayra im Traum, verwandelt sich in Dulgur und lehrt mich viele Geheimnisse. Mayra ist Dulgur!

18. Milum's Wanderung in den Süden

Seit meiner großen Schauung bin ich im Dorfe geachtet, und Milum behandelt mich wie einen gleichgestellten Freund, obwohl er immer noch viel mehr weiß als ich. An einem Sonntag nach einer arbeitsreichen Woche herrscht eine Neigung zum Nichtstun, und Milum und ich sitzen nachmittags bei schönem Wetter auf der Wiese hinter seiner seltsamen Hütte. Nach einer Weile beginnt er, mir von sich selbst zu erzählen:

„Nach meiner ersten Einweihung zum Jungmann begab ich mich auf eine Wanderung, wie es üblich ist. Ich wandte mich gen Süden, und obwohl ich in jedem Dorfe gastfreundlich aufgenommen wurde, verweilte ich nirgendwo länger als eine oder zwei Nächte, denn es zog mich wie von Geisterhand immer weiter, immer weiter nach Süden.

Die Landschaften veränderten sich, die Menschen sprachen zunehmend seltsame Sprachen, die Berge wurden höher, die Täler tiefer, die Winde rauer, es lagen Eis und Schnee. Dann, nach schwierigen Pfaden durch die Berge, erreichte ich schließlich sanftere Täler und Auen, es gab mehr und mehr Sonnenschein, reife Früchte an den Bäumen, helle Farben überall, liebliche Seen, Wärme, Wohlgefühl.

Nach langer Wanderung gelangte ich zu einem Dorfe namens Tulio, von dem mir mein Gefühl sagte, dass es das Ziel meiner Reise sei. Auch hier nahmen mich die Menschen gastfreundlich auf, obwohl dieser Mann aus dem finsteren Norden ihnen auch etwas Angst und Unbehagen bereitete.

Ich lernte rasch ein paar Worte der Sprache jenes Volkes, die stets wie ein schöner Gesang klingt. Um nicht unnütz zu sein, verdingte ich mich sogleich als Arbeiter auf dem Felde. Denn man lebt dort zu einem guten Teil vom Anbau von Gräsern auf den Feldern. Du musst dir vorstellen, sie haben dort Gräser, die viel größer sind als unsere Gräser, und in den Ähren tragen sie viel größere Körner als bei uns. Sie nennen diese Gräser Getreide. Nachdem man das Getreide im Sommer geerntet hat, indem man es abschneidet, wird mit Stöcken so lange darauf eingeschlagen, bis die Körner herausfallen. Die Körner werden dann später zerstampft, und es entsteht Mehl, aus welchem dann, mit Wasser vermischt, Fladen gemacht und auf heißen Steinen gebacken werden. So, jetzt weißt du, was ein Fladen ist.

Die Fladen schmecken gut und sind nahrhaft, und man isst sie jeden Tag. Außerdem gibt es noch Gemüse aus den Gärten, etwa so wie bei uns, auch etwas Fleisch, weniger als bei uns, denn es gibt weniger Wälder, in denen man jagen kann. Da ich ein guter Jäger bin, nahm man mich mit auf die seltene Jagd. Auf dem Felde war ich stets fleißig und daher gut gelitten im Dorfe, obwohl ich den Menschen immer ein wenig unheimlich blieb.

Einmal durfte ich mitgehen in die Stadt. Eine Stadt ist so etwas wie ein großes Dorf; die Wege sind breit, sauber und eben und heißen Straßen, auf denen immer viele Menschen hin- und herlaufen. Da wenig Platz für die Häuser ist, bauen sie oft zwei Häuser übereinander. Warum die Menschen in der Stadt leben, ist mir nicht klar geworden; jedenfalls gehen sie nicht in den Garten oder aufs Feld, um dort zu arbeiten, und die Stadtbewohner gehen auch nicht auf die Jagd.

Insgesamt leben in jener Gegend mehr Menschen als bei uns, und sie sind geschäftiger, als wir es sind, aber nicht glücklicher. Im Gegenteil, sie sind oft mürrisch, arbeiten viel zu viel und sind ständig darauf aus, Geld zu verdienen. Geld, das muss ich dir erklären. Hier habe ich eine Münze aus jenem Lande. Solche Münzen gibt es viele, größere und kleinere. Die Münzen kann man gegen alles tauschen: Du bekommst Holz dafür oder Fleisch, Gemüse oder Salat, Steine zum Häuserbau oder Kleider. Man tauscht Münzen auch gegen Arbeit. Wenn ich auf dem Felde arbeitete, bekam ich dafür Münzen, die ich wiederum gegen etwas anderes eintauschen konnte, zum Beispiel gegen Schuhe. Münzen sind das Tauschmittel für alles. Da man Münzen ansammeln kann, wollen die Menschen viele Münzen haben. Jemand, der viele Münzen hat, der gilt als reich, und ein jeder möchte reich sein. Der Inbegriff aller Münzen ist Geld. Und wer viel Geld hat, ist reich. Glaube mir: Die Reichen sind nicht glücklich. Und die, die wenig Geld haben, sind arm. Sie sind auch nicht glücklich. Das alles gibt es hier bei uns nicht.

Die Münzen an sich sind zu nichts nütze. Da jedoch alle glauben, sie seine wertvoll, so sind sie es dann auch.[9]

Es gibt große und kleine Münzen. Um eine große Münze zu bekommen, musste ich viele Tage arbeiten, für zwei kleine Münzen reicht vielleicht schon ein Tag. Für ein große Münze

---

[9] „Wertschöpfung durch Einbildung"

kannst du viele Paar Schuhe bekommen, für eine kleine vielleicht nur ein Paar, und für eine ganz kleine noch nicht einmal ein Paar. Sie sagen: Die großen Münzen sind viel wert, die kleinen weniger."

Ich frage: „Gibt es Münzen, die weniger als nichts wert sind?"

Milum überhört meine gänzlich unpassende Frage und fährt fort: „Die Menschen dort in der Stadt haben die Verbindung zur Natur verloren: Sie gehen nie hinaus in den Wald oder an den Fluss oder auf den Berg. Sie sind daher ganz blass, obwohl in jenem Lande die Sonne viel öfter und stärker scheint als bei uns. Nur die Menschen, die in den Dörfern leben und auf den Feldern arbeiten, haben eine gesunde Hautfarbe; sie sind weder arm noch reich.

Die Menschen in der Stadt haben die Verbindung zu den Naturgeistern verloren. Sie wissen gar nicht mehr, was Elfen sind und Zwerge, was Gnome sind und Trolle, was Nixen sind und Feen. Auch wissen sie nicht mehr, dass jeder Baum, jede Pflanze, jedes Tier eine Seele hat und dass die Seelen der Bäume, Pflanzen und Tiere eine viel größere Weisheit besitzen als wir Menschen. Je unähnlicher unsere Brüder und Schwestern uns sind, desto länger gibt es sie schon auf unserer Mutter Erde und umso weiser sind sie, das heißt, die Bäume besitzen eine noch größere Weisheit als die Tiere.

Die Menschen in der Stadt wissen auch nichts von der Wiedergeburt, ja, sie lehnen diesen Gedanken ab; sie leugnen das Offenkundige.

Anstelle der Kenntnis der Naturgeister und der Kenntnis der Seelen der Pflanzen und Tiere glauben sie an Götter, das sind menschenähnliche Wesen mit enormen Fähigkeiten und Kräften. Obwohl noch nie jemand einen dieser Götter gesehen hat, werden sie überall in Form von Figuren aus Stein aufgestellt, so dass jedermann sie jederzeit anschauen kann, jedenfalls in steinerner Gestalt. Das nennen sie Kultur.

Ich glaube nicht, dass es die Götter wirklich gibt. Mir gibt zu denken, dass dem Vernehmen nach die Völker in noch weiter südlich gelegenen Ländern andere Götter haben. Mir kommt es so vor, als ob die Götter der Einbildungskraft der Menschen entspringen. Merkwürdig ist, dass die Gebete, die die Menschen an die Götter richten, manchmal durchaus Hilfe bringen. Das ist etwas, was ich nicht gut verstehe. Ich habe schon einmal gedacht: Wenn man sich die Götter nur lange genug vorstellt und wenn alle Menschen in einem Lande sich die gleichen Götter lange genug vorstellen, dann fangen diese Götter an, lebendig zu werden und die Gebete der Menschen zu erhören."

Es ist wohl das erste Mal, dass Milum jemandem von seiner Reise erzählt. Meine Geduld, zuzuhören, ist unbegrenzt. Milum weiß das und fährt daher fort:

„In der Stadt traf ich einen Mann, der Lesen und Schreiben konnte. Das ist etwas Merkwürdiges! Man kritzelt mit einer Gänsefeder auf etwas, was sie Pergament nennen und was so ist wie feine, harte Haut. Die Gänsefeder taucht man in eine schwarze Flüssigkeit, die sie Tinte nennen, und es entstehen auf dem Pergament kleine Figuren, die sie Buchstaben nennen. Das nennen sie Schreiben. Wenn man etwas

110

aufgeschrieben hat und hat es dann vergessen, dann kann man es später lesen, wie sie sagen, das heißt, wenn man auf das Pergament schaut, dann fällt es einem wieder ein, und man kann es sogar aussprechen. Noch merkwürdiger ist, dass auch jemand anderes das Geschrieben lesen kann, sofern er des Lesens kundig ist. Wenn du etwas auf Pergament schreibst und ein Bote bringt das Pergament in eine andere Stadt, dann kann dort ein des Lesens Kundiger wissen, was du geschrieben hast und was du ihm mitteilen möchtest. Ich habe nur die eine Stadt gesehen, von der ich dir erzähle; von anderen, ferner gelegenen Städten weiß ich nur vom Hörensagen.

Leider konnte ich keinen Unterricht im Schreiben und Lesen nehmen, da ich auf dem Felde arbeiten musste. Außerdem hätte ich für den Unterricht viele Münzen hergeben müssen, die ich nicht hatte." –

Es ist schon spät geworden: Die Sonne verschwindet hinter den Bäumen, und es wird kühl. Milum sagt:

„Es ist spät, und ich bin müde. Ich werde dir ein andermal erzählen, warum es mich so sehr nach Süden und an jenen Ort zog; warum ich nicht für immer dort geblieben bin, und warum ich den beschwerlichen Weg hierher zurück auf mich genommen habe. Beinahe wäre ich dabei umgekommen. Für heute mag es genug sein, und ich wünsche dir eine gute Nacht."

Ich bedanke mich bei Milum aufrichtig und gehe nach Hause. In den folgenden Nächten schreibe ich in meinen Träumen auf Pergament und lese und schreibe und schreibe.

Auch tagsüber denke ich über all das nach, und es ist mir klar, dass ich keine Ahnung habe, wie man schreibt und wie man liest. Doch eines ist sicher: Eines Tages werde ich schreiben und lesen können, und es wird das Wichtigste in meinem Leben sein. Und ich werde alles, was ich erlebt habe, aufschreiben, damit es für immer erhalten bleibt.

19. Das Geschenk der Heilerinnen

Es geschieht, dass mich die erfahrenste Heilerin unseres Dorfes zum nächsten Tage in ihr Haus einlädt. Ich weiß überhaupt nicht, was mich erwartet. Eine solche Einladung ist ungewöhnlich. Ich bade vorher im Bach und ziehe meine besten Sachen an. Als Geschenk bringe ich Blumenzwiebeln mit. Zur gewünschten Zeit bin ich pünktlich zur Stelle. Ich werde hereingebeten und warte, bis mir ein Platz angewiesen wird, wo ich mich hinsetzen soll. Es sind zwei weitere Frauen anwesend, die mir als Heilerinnen aus den beiden nahegelegenen Nachbardörfern vorgestellt werden. Beide hatte ich schon gesehen; nur von einer wusste ich bereits, dass sie eine Heilerin ist. Der Ehemann des Hauses und die beiden Söhne sind nicht anwesend. Es wird Tee gereicht. Die Stimmung ist mir fremd; es fühlt sich so an, als sei ich in das Reich der Frauen eingedrungen. Doch die Frauen blicken mich einladend und erwartungsvoll an.

Die Heilerin aus unserem Dorfe beginnt ein Gespräch mit den Worten: „Dhoaram, du bist uns willkommen. Wie wir erfahren haben, warst du in einer anderen Welt und hast die Fähigkeit erlangt, in die Vergangenheit und in die Zukunft zu schauen. Auch wir pflegen zu reisen, und zwar in die Welt der Engel, der Elfen, der Zwerge und vor allem in die Welt der

Seelen der Pflanzen und der Steine. Dies tun wir, um Hilfe zu erlangen, wenn unsere Kunst des Heilens vonnöten ist, und um die richtige Arznei zu finden für unsere Kranken. Auch die Männer, die Heiler sind, und die Zauberer reisen aus ähnlichen Beweggründen. Wir alle tun dies, um anderen Menschen zu helfen.

Wir Heilerinnen, Heiler und Zauberer, wir Reisende, bilden eine geistige Gemeinschaft, und manchmal treffen sich die Erfahrensten von uns im Stillen, ohne viel Aufhebens. Deine Gabe ist die des Sehens; du bist auch ein Reisender: Sei uns willkommen in unserer Gemeinschaft der Reisenden!

Bitte erzähle uns von deiner Reise in eine andere Welt."

Ich fühle mich geehrt und angenommen. Mit Eifer berichte ich von meinem Erlebnis mit dem Bären, der mich tötete, von dem Moos, der Eule und von der Meisterin im Berg. Da ich bemerke, dass alles auf Aufmerksamkeit stößt, nehme ich mir die Zeit, alle Einzelheiten ausführlich auszuführen. Die Frauen folgen meiner Darstellung mit lebhaften Gesten, Gebärden und Zwischenrufen. Was bewegt sie so sehr?

Als ich geendet habe, sagt eine der Frauen aus einem Nachbardorf:

„Dhoaram, wir danken dir für deine wunderbare Schilderung. Es ist für uns eine große Freude, einen so gesegneten Reisenden in unserer Mitte zu wissen. Bitte fühle dich uns zugehörig. Du solltest einiges über unsere Arbeit erfahren."

Und die Frau aus dem anderen Nachbardorf beginnt:

„Männer als Heiler und Frauen als Heilerinnen haben unterschiedliche Aufgaben. Wir Frauen sind für das Heilen mit Kräutern und mit Stoffen aus der Erde zuständig. Darüber haben wir gute Kenntnisse, die sich seit vielen Menschenaltern angesammelt haben. Wenn in einem Falle die überlieferten Kenntnisse nicht ausreichen, dann gehen wir in unserer Vorstellung in das Reich der Pflanzen und der Steine, bitten um Hilfe und suchen dort das geeignete Kraut oder das geeignete Mineral.

Zudem arbeiten wir mit den Naturwesen zusammen, mit den Elfen und Zwergen. Wir kennen sie gut, und sie sind uns wohlgesonnen. Sie freuen sich, wenn wir Menschen mit der Natur sorgsam und pfleglich umgehen. Da sie wissen, dass wir Heilerinnen immer auf die Natur achtgeben, helfen sie gerne, uns und auch denen, die unseren Beistand brauchen.

Schließlich sind wir für alles zuständig, was mit Befruchtung, Schwangerschaft, Geburt und Stillzeit zu tun hat. Da haben die Männer gar nichts zu suchen“ (und lächelnd:) „... außer, dass sie bei der Zeugung kurz dabei sein dürfen. Wir sind die Hebammen des Volkes. Wir haben Einblicke und ein Wissen, welches den Männern verborgen ist. Hinzu kommen noch Erfahrung und Geschicklichkeit, einem Neugeborenen auf die Welt zu helfen, ohne dass Mutter oder Kind Schaden nehmen.

Eine wichtige Aufgabe ist es für uns, dafür zu sorgen, dass unser Volk sich nicht zu stark vermehrt. Wie du weißt, dürfen wir nicht zu viele werden. Denn zu viele Menschen in einer Gegend schaden der Natur. Sie schlagen zu viele Bäume, sie jagen zu viele Tiere, sie hinterlassen Unrat, kurz, sie stören und zerstören das Gleichgewicht in Wald und Flur.

Wir Menschen bilden eine Gemeinschaft mit den Tieren, mit den Pflanzen, mit den Wäldern und mit den Flüssen. Auf Grund unseres Verstandes und unserer Fertigkeiten tragen wir Menschen eine besondere Verantwortung für uns selbst und für alles, was uns umgibt. Manchmal vergessen wir vor lauter gutem Willen die so wichtige Sorge um uns selbst.

Um zu erreichen, dass die Zahl der Menschen in unserem Land eine gewisse Grenze nicht überschreitet, kennen wir geeignete Kräuter, und alle Frauen helfen bei der heiklen Aufgabe mit. Außerdem kennen wir die Tage der Fruchtbarkeit einer Frau. Wie du sicher weißt, hängt das eng mit dem Mond zusammen. Und schließlich soll eine einzelne Frau nicht zu viele Kinder bekommen, denn es schadet ihrer Gesundheit und dem Wohlergehen der Familie."

Es entsteht eine Pause, und es drängt mich, nicht gut passend zu dem zuletzt Gesagten, zu fragen:

„Für bestimmte Krankheiten gibt es bestimmte Kräuter, und ihr wisst sie zu finden und zuzubereiten. Was ist es an einem Kraut, das heilt; wieso hilft gerade dieses eine Kraut diesem besonderen Menschen in diesem besonderen Falle?"

Das ist das Stichwort für die Heilerin aus unserem Dorfe, denn sie ist als die Forscherin bekannt:

„Zum einen sind in einem Kraut gewisse Stoffe enthalten, die eine Wirkung hervorrufen. So enthält das eine Kraut bittere Stoffe, das andere süße, das nächste giftige und ein viertes abführende. Das eine Kraut enthält Stoffe, die Fieber erzeugen; wenn jedoch das Fieber lebensbedrohlich wird, dann brauchen wir ein anderes Kraut, welches das Fieber senkt.

Es wirken einerseits die Stoffe, die in einem Kraut enthalten sind. In gewissem Maße kann man diese Stoffe schon an der Form des Krauts, an seiner Farbe, an seinem Geschmack und an seinem Geruch erkennen. Andererseits ist es der Geist der Pflanze, der heilt, und das ist der wichtigere Teil. [10] Wir Menschen leben in einer engen Gemeinschaft mit allen Pflanzen und Tieren. Für uns Menschen ist es wichtig, dass es den Sperling gibt und den Kauz, dass es den Hirsch gibt und den Hasen. Ebenso wichtig ist es für uns, dass es die Eiche gibt und die Buche, dass es das Schöllkraut gibt ebenso wie die Rose, dass es die Rübe gibt ebenso wie das Gras.

Wenn nun eines dieser Tiere oder eine dieser Pflanzen fehlt, dann ist es so, als wenn in einer Familie der Vater fehlt oder die Mutter oder eines der Kinder. Die Vollständigkeit ist gestört, an die Stelle von Liebe und Freude treten Trauer und Verzweiflung. So ist es auch mit unserem Zusammenleben mit allen lebenden Wesen, die uns umgeben. Deshalb ist es so wichtig, dass die Gemeinschaft aller Lebewesen, einschließlich des Menschen, erhalten bleibt, gehegt und gepflegt wird."

Ich höre, bildlich gesprochen, mit offenen Ohren und mit offenem Munde zu und wünsche mir nichts sehnlicher, als dass die Heilerin fortfahren möge. Und so geschieht es:

„Es kann sein, dass ein einzelner Mensch seine natürliche Verbindung zu einer bestimmten Pflanze verloren hat, oder dass er mit ihr in Missklang gekommen ist. Dann können wir dies erkennen und die Pflanze bitten, zu verzeihen und dem

---

[10] Es folgt eine Einführung in die Grundgedanken der Homöopathie, wobei es dieses Wort damals ganz sicher noch nicht gab.

Menschen beizustehen. Da Pflanzen eine unvorstellbar große Seele haben, sind sie sogleich bereit, zu vergeben und zu helfen. Um nun die Versöhnung zu vollziehen, ist es die innigste Art, wie dies geschehen kann, dass der Mensch ein winziges Stückchen der Pflanze oder einen Tropfen eines Aufgusses zu sich nimmt. Das ist so wie die Vereinigung zwischen einem Mann und einer Frau in wahrer Liebe.

Dabei kommt es nicht auf die Menge an. Die seelische Verbindung zwischen zwei geistigen Wesenheiten, zwischen der Pflanze und dem Menschen, ist nicht eine Frage der Menge von etwas, sondern ist eine Frage der Herzenswünsche und des gegenseitigen Vertrauens. Ja, es ist noch nicht einmal notwendig, dass ein Stückchen der Pflanze oder ein Tropfen eines Suds eingenommen wird; der Tropfen kann äußerlich aufgetragen werden, oder die Pflanze kann in einem Tagtraum gesehen, begrüßt und um Hilfe gebeten werden. Wenn der Kranke das nicht selbst tun will oder kann, dann kann es die Heilerin für ihn tun, denn sie ist auch eine Seherin." –

Es tritt eine Pause ein, und ich bin unendlich dankbar für das Gehörte, verstehe jedoch wenig. Dennoch: Wer mich kennt, der weiß, dass ich gleich noch eine weitere Frage habe. Ohne dass ich diese selbst in Worte fassen muss, beantwortet unsere Forscherin sie, mir zuvorkommend, wie folgt:

„Gut, gut! Du hast recht. Das, was ich zuletzt ausführte, trifft nur auf die geistige Verbindung zwischen Mensch und Pflanze zu. Wenn es um die eingangs erwähnten Stoffe geht, die in der Pflanze enthalten sind, dann spielt die Menge eine wichtige Rolle. Gibt man zu wenig, dann hilft es nicht; gibt man zu viel, dann schadet es mehr, als es nützt. Lass mich ein

117

einfaches Beispiel nennen: In anderen Stämmen hinter dem Fluss nehmen die Zauberer, um in die geistige Welt zu reisen, ein Stück vom Fliegenpilz. Nehmen sie die richtige Menge, dann erleben sie die schönsten Bilder und Klänge. Nehmen sie zu viel, dann werden sie krank oder sterben sogar. Auch wir nutzen Fingerhut: Er ist hilfreich bei Beschwerden des Herzens; aber zu viel davon zu nehmen ist gefährlich. Daher versuche ich zuerst einmal bei einem Herzkranken, eine geistige Verbindung zum Fingerhut aufzunehmen und schon so Hilfe zu erlangen, oder ich gebe eine starke Verdünnung eines Suds äußerlich auf die Haut über dem Herzen des Kranken.

Erstaunlich ist es, dass auch Gifte heilen können. Hier gilt der Satz: ‚Das Schlechte bringt das Gute hervor.' Im Falle der Heilung mit Pflanzen trifft das nur bei der Anwendung im rechten Maße zu. Bei der Heilung mit der Seele der Pflanze spielt die Menge keine Rolle, denn eine Seele kann man nicht wiegen.

Das Zusammenspiel zwischen geistigem Anteil und stofflichem Anteil bei der Heilung mit Pflanzen ist nicht leicht abzuschätzen. Doch wir haben ein wunderbares Mittel, um uns Klarheit zu verschaffen, wie wir im einzelnen Falle vorgehen müssen: Wir nehmen geistige Verbindung auf zu der Pflanze, die wir ins Auge gefasst haben, und fragen sie, ob sie uns helfen will, und wie sie angewendet werden möchte. Das ist der Weg der echten Heilerinnen, und in aller Bescheidenheit und mit ein wenig Stolz darf ich sagen, dass wir diesen Weg kennen und beschreiten."

Sie schaut sich zu den beiden anderen Frauen um, welche zustimmend nicken.

118

„Es ist ein lebenslanges Lernen, und wir geben unser Wissen an unsere Töchter weiter. Es ist wichtig, die Pflanzen als lebendige Lebewesen gut zu kennen. Deshalb ziehen wir einige der wichtigsten Heilpflanzen in unseren Gärten, um täglichen Umgang mit ihnen zu haben, um ihre Geburt, ihre Reife und ihre Vermehrung mitzuerleben. Natürlich sprechen wir mit den Kräutern. Einschränkend muss ich dir sagen, dass die wild wachsenden Pflanzen, die wir oft mühsam suchen müssen, eine bessere Wirkung haben als die aus dem Garten." –

Es entsteht eine Pause. Ich bin so glücklich! Ich, der nichts von alledem weiß, im Kreise von so wissenden Frauen, die nicht nur auf viele eigene Erfahrungen zurückblicken, sondern auch auf eine lange Überlieferung unseres Volkes. Und sie nehmen mich in die Gemeinschaft der Reisenden auf und erzählen mir so vieles von ihrer Berufung! Ich weiß überhaupt nicht, wie ich ihnen danken soll. Stattdessen bekomme ich ein Geschenk. Die Heilerin aus dem entfernteren Dorf spricht mich an:

„Lieber Dhoaram, wir haben für dich einen Medizinbeutel vorbereitet. Hier ist er. Er enthält einige getrocknete Kräuter und zwei kleine Steine, die dich vor Krankheit und Unglück schützen werden. Bitte trage den Beutel stets bei dir. Es ist ein Zeichen unserer Liebe." –

Überwältigt vor Freude und Dankbarkeit, reich beschenkt und beschämt ob meiner Unwissenheit, verabschiede ich mich mit allen Zeichen der Ehrerbietung von den Frauen.

20. Die Geschichtenerzählerin

Meine Mutter hatte uns Kindern oft Märchen erzählt, wobei zu den Märchenabenden die Kinder aus dem ganzen Dorf eingeladen waren. Wir Kinder lebten zu jener Zeit oftmals mehr in der Welt der Engel, der Zwerge und Trolle, in der Welt der Helden und Bösewichte, als in unserer Alltagswirklichkeit.

Nach dem Besuch bei den Heilerinnen werde ich eines Tages im Winter zum nächsten Abend in das Haupthaus eingeladen, bei welchem meine Mutter eine wichtige Rolle spielen wird. Ich hatte schon davon gehört, dass sie eine Geschichtenerzählerin unseres Volkes sei, konnte mir aber nicht viel mehr darunter vorstellen als eine Märchenerzählerin.

Zu jenem Abend wurden nur wenige Menschen persönlich eingeladen. Unter den Jüngeren sind dies Mayra und ich, Garann, sowie ein junger Mann und eine junge Frau aus zwei verschiedenen Nachbardörfern. Die beiden Letztgenannten waren vor einem halben Jahr in ihrer ersten Einweihungsfeier zum Jungmann und zur Jungfrau geweiht worden.

An Älteren sind anwesend: Außer meiner Mutter vier Heilerinnen, mein Großvater, der alt geworden ist und gestützt werden muss, der Heiler vom Dorfe am Fluss, der Weise vom Dorfe am Berg, der Waffenschmied, Milum, sowie ein anderer Heiler und ein Zauberer, die ich weniger gut kenne. Außerdem ist noch ein Weiser aus einem entfernt gelegenen Dorfe gekommen, der sich ruhig und bescheiden verhält. Er hatte die Beschwernisse der weiten Reise auf sich genommen, doch er benimmt sich so unauffällig, dass man seine Anwesenheit kaum bemerkt.

Vor der Tür des Haupthauses werden Wachen aufgestellt, die Unerwünschten den Eintritt verwehren und jede Störung verhindern werden.

Meine Mutter hatte sich schon am Vortage auf das Ereignis vorbereitet, hatte nichts gegessen und sich mit den seltsamsten Salben bestrichen. Für den heutigen Abend hat sie festliche Kleider angelegt, die ich noch nie gesehen habe, und sich mit glänzendem Schmuck behangen.

Nachdem wir alle eingetreten sind und uns gesetzt haben, nachdem die Türe geschlossen, eine Kerze angezündet und einige Zeit des Schweigens verstrichen ist, stellt Milum, offenbar als Gastgeber, die Neulinge in der Runde den anderen vor, nennt ihre Namen, ihre Eltern, die Gründe, hier teilzunehmen zu dürfen. Mir fällt auf, dass er Mayra nicht als Neuling vorstellt. Was bedeutet das? Hatte sie schon früher teilgenommen, ohne dass ich davon wusste? Haben doch die Frauen immer ihre unerforschlichen Geheimnisse!

Danach ergreift der Heiler vom Dorfe am Fluss das Wort und richtet es an meine Mutter:

„Hochverehrte Stammesschwester und Geschichtenerzählerin, Tochter unseres zutiefst verehrten Großvaters, Mutter unseres zu vielen Hoffnungen Anlass gebenden Sohnes Dhoaram, dürfen wir dich in aller Bescheidenheit und mit höchster Wertschätzung bitten, uns heute von der Ankunft des Menschen auf unserer Mutter Erde zu berichten? Das ist gewiss eine lange Zeit her, doch wir wissen, dass dein untrügliches Auge in jene Zeit zurückblicken kann, und es wird uns eine Ehre und eine Freude sein, von der Ankunft des

Menschen in dieser Welt zu erfahren. Es wird dies zu unserem Verständnis der Zusammenhänge unseres Lebens beitragen."

Ich hatte noch niemals eine nur entfernt ähnliche Anrede für meine Mutter gehört. Sie war immer eine gute Mutter gewesen und eine Frau, die im ganzen Dorfe beliebt war, doch sie hatte in keiner Weise je eine so besondere Rolle gespielt, soweit mir bewusst war. Umso erstaunter war ich über diese einführenden Worte.

Der Zauberer beginnt, seine Trommel zu schlagen, meine Mutter schüttelt Rassel und Glöckchen. Die einzige Kerze in der Mitte des Raumes wirft schwankende Schatten der Anwesenden ringsherum an die Wände, und es entsteht eine gespenstische Stimmung. Diejenigen, die keine Neulinge sind, brummen tiefe Laute, die eine beängstigende Schwingung des Raumes hervorrufen. Wir Neulinge brummen zögernd mit, so gut wir können.

Meine Mutter hat ihren Gesichtsausdruck völlig verändert und sieht jetzt aus wie ein Mann unbestimmten Alters, doch von großer Ausdruckskraft. Sie beginnt wie folgt:

„Zu einer sehr alten Zeit taten sich im Himmel ein paar Seelen zusammen und schmiedeten einen Plan. Es war ihnen langweilig geworden in dem ewigen Einerlei, wo jeder jeden lieb hat, niemand vor niemandem ein Geheimnis hat, der kleinste Meinungsunterschied sofort mit der Zustimmung aller in das schönste Einvernehmen hinein aufgelöst wird."

Meine Mutter spricht mit einer tiefen und zugleich singenden Stimme, wobei sie das „l" zum Beispiel in „alle" kehlig ausspricht. So habe ich sie noch nie sprechen hören, und meine Verwunderung ist groß. Später erfahre ich, dass ein berühmter, längst verstorbener Geschichtenerzähler in sie hineingefahren ist und durch sie spricht. [11] Meine Mutter fährt fort:

„Die Seelen der Gruppe von Unzufriedenen hatten Gelegenheit gehabt, auf einen Stern hinabzublicken, der unsere Mutter Erde ist. Dort hatten sie wunderbare Landschaften, liebliche Seen und weite Meere, hohe Berge und grüne Täler gesehen. Und was ihnen besonderen Eindruck gemacht hatte: Sie hatten eine Vielzahl von Pflanzen und Blumen und hohe Bäume gesehen und zudem eine große Zahl von Tieren aller Art, auf dem Lande große und kleine Vierbeiner, zahllose Fische im Meer und teils auffallend schöne, teils mächtige Vögel am Himmel. Zudem sahen sie große helle Flächen, auf denen nichts wuchs; undurchdringliche, geheimnisvolle grüne Wälder, Berge aus Eis und sehr viel Wasser, und der ganze Stern dreht sich um sich selbst herum. Da hatte es sie gelüstet, dort zu sein und aufregende Dinge zu erleben, die ihnen in der jenseitigen Welt versagt blieben.

Es war den Seelen bewusst, dass sie für ein solches Abenteuer die Zustimmung des Großen Rates der Weisen benötigen würden. Doch es war ihnen auch klar, dass sie die Zustimmung des Rates bei dessen bewahrender Einstellung nicht bekämen. Sie hatten einen Einfall: Einige der Seelen der Gruppe hatten nämlich eine gute, fast freundschaftliche Beziehung zu dem Meister des Humors, der ein Mitglied des Großen Rates der Weisen ist.

---

[11] Die Mutter ist, in heutigen Worten, ein Inkorporations-Medium

Unter den Großen Weisen im Jenseits gibt es, unter anderen:

eine	Meisterin des Mitgefühls,
eine	Meisterin der Verkörperung,
einen	Meister der weisen Voraussicht,
einen	Meister der Selbstbeherrschung,
einen	Meister des scharfen Verstandes,
eine	Meisterin der Verkörperung
eine	Meisterin der Geduld,
eine	Meisterin der Aufmerksamkeit,
einen	Meister des Humors.

Letzterer würde ihnen vielleicht helfen können. Jedenfalls wäre es ein erster Schritt zum Erfolg, wenn man ihn für ihren Plan gewinnen könnte. Und zu ihrer Freude fand er ihr Vorhaben lustig und lachte schallend darüber.

Nachdem dieser erste Schritt erfolgreich getan war, machten einige Mitglieder der Gruppe darauf aufmerksam, dass sie über die Ausführung des Plans nur sehr ungenaue Vorstellungen hatten. Es war noch völlig unklar, in welcher Form und Gestalt sie dort unten auf der Erde leben wollten. Als reine Seelen dort zu sein, wäre nicht sinnvoll, denn als solche könnten sie am Leben auf der Erde nicht richtig teilnehmen. So könnten sie zum Beispiel nichts essen oder trinken, nicht jagen, kein körperliches Wohlbehagen und keinen körperlichen Schmerz empfinden; sie könnten von den anderen Lebewesen dort unten nicht wahrgenommen werden und sie könnten sich mit jenen nicht befreunden. Sie blieben in dieser Lage reine Beobachter, was sie sowieso schon sind.

Als das alles nun eifrig besprochen wurde, erinnerten sich einige an die schönen Tiere, die sie dort unten erblickt hatten, und eine Seele sagte: „Ich möchte dort gerne als ein Papagei leben." Eine andere Seele sagte: „Ich möchte mich dort unten als ein Reh bewegen." Wieder eine andere Seele wollte sich wie ein Delphin fühlen, eine andere Seele wie ein Adler.

In der jenseitigen Welt herrscht stets große Duldsamkeit, und so hatte niemand etwas gegen die so unterschiedlichen Wünsche einzuwenden. Doch bald kam die Erkenntnis auf, dass man auf diese Weise als Gruppe nicht würde bestehen können, einmal, weil man sich nicht gegenseitig erkennen würde, dann, weil man sich wegen der gänzlich unterschiedlichen Lebensformen der verschiedenen Tiere nicht gegenseitig unterstützen und nicht zusammenleben könnte, und für den Fall, dass man länger dort unten bleiben wolle, es unmöglich wäre, sich zu vermehren, denn wie sollte zum Beispiel ein Zaunkönig Nachwuchs mit einem Karpfen bekommen?

Es musste nun eine Lösung für folgende beiden Aufgaben gefunden werden:

Erstens sollten möglichst alle Einzelwünsche erfüllt werden, nämlich, dass der eine dieses und der andere jenes Tier sein möchte;

Zweitens müssten alle Seelen in Körper der gleichen Art schlüpfen, damit sie sich gegenseitig erkennen, an demselben Ort zusammenleben, sich gegenseitig helfen und gemeinsamen Nachwuchs haben könnten. –

Man einigte sich darauf, zunächst die zweite Aufgabe anzugehen. Welche Art von Tieren könnte es denn sein? Da

125

kamen bald die Schimpansen ins Gespräch, denn sie sind die Gescheitesten und die Erfinderischsten unter den Tieren. Man wird jedoch die Schimpansen, die die Seelen werden würden, ein wenig abwandeln müssen, damit sie nicht mit den übrigen Schimpansen verwechselt würden. Man dachte daran, den Schimpansen einen aufrechten Gang zu verleihen und sie weniger behaart sein zu lassen.

Man war es im Himmel gewohnt, platonische Körper [12] sowie rechtsdrehende und linksdrehende Spiralen und andere Gebilde vollkommener Gestalt anzufertigen und zu bewundern. Daher sollten die neuen Wesen geschickte Hände bekommen, um auch dort unten solchen Lieblingsbeschäftigungen nachgehen zu können. Dann würde man die so veränderten und von den reiselustigen Seelen bewohnten Schimpansen ‚Menschen' nennen.

Doch wie konnten die Seelen, wenn sie nun alle eine – veränderte – Schimpansen-Gestalt annähmen, zugleich ein Kolibri, ein Löwe oder ein Walfisch sein? Man wandte sich mit dieser schwierigen Frage an die Meisterin der Verkörperung, welche mit folgenden Worten überraschte:

„Die Möglichkeiten der Verkörperung einer Seele sind durchaus vielfältig. So ist es einer Seele zum Beispiel möglich, sich in zwei verschiedenen Körpern zu gleicher Zeit aufzuhalten. Es wäre also möglich, dass du – sie blickte zu einer der Seelen hin – zugleich ein Mensch und ein Waschbär wärest."

---

[12] Im griechischen Originaltext heißt es: στερεὰ Πλατώνικα = stereà Platónika = platonische Körper.

„Wie kann das sein?" fragte die Seele, „Wie kann ich mich zugleich als Mensch und zugleich als Waschbär fühlen?"

„Du wärest zugleich ein Mensch und zugleich ein Waschbär, du würdest dich zu der einen Zeit als Mensch fühlen und zu einer anderen Zeit als Waschbär. Dein Bewusstsein könnte zwischen dem Gefühl, ein Mensch zu sein, und dem Gefühl, ein Waschbär zu sein, hin- und herwechseln."

„Wie oft würde ich zwischen den beiden Wahrnehmungen hin- und herwechseln?"

„Das würde nicht häufig geschehen. Es würde bisweilen von selbst geschehen ohne deinen Willen, wenn es uns nötig erscheint. Wenn du eine gewisse Meisterschaft darin erworben hast, kannst du den Wechsel auch selbst mit deinem Willen herbeiführen mit Hilfe von Trommeln und Rasseln. Überdies würde eure Tiergestalt, da sie schon viel länger auf der Erde ihre Erfahrungen gesammelt hat, eurer Menschengestalt behilflich sein, wenn die Menschengestalt Hilfe bräuchte."

Ohne dass die aufmuckenden Seelen es bemerkt hatten, tagte bereits der Rat der Großen Weisen, denn es war im Himmel nicht verborgen geblieben, was sich da zusammenbraute. Zunächst standen die Weisen den Absichten der Gruppe ablehnend gegenüber; als aber die Pläne im Rat im Einzelnen besprochen wurden, und als man erfuhr, dass die Seelen sich in Schimpansen verwandeln wollen, bekam der Weise des Humors einen derartigen Lachanfall, dass er sich vor Lachen auf dem Boden kugelte. Alle mussten mitlachen, außer dem Meister der Selbstbeherrschung, der dazu eine säuerliche

Miene machte. Die Meisterin der Neugierde äußerte sich wie folgt:

„Wir wissen über die Gefühle der Tiere auf Erden, über ihre Erfahrungen, die sie dort machen, über ihre Schwierigkeiten und über die Art, wie sie diese Schwierigkeiten überwinden, kaum Bescheid. Wir sind viel zu sehr mit uns selbst beschäftigt und mit der Lenkung und Ausbildung der Tausenden von Seelen hier im Himmel, die uns anvertraut sind. Es würde unser Weltbild erheblich erweitern, wenn wir mehr über die Gefühlszustände wüssten, die man in einem irdischen Körper haben kann. Ich schlage daher vor, dass wir den Plänen der unbotmäßigen Gruppe zumindest versuchshalber unsere Aufmerksamkeit schenken."

Daraufhin meldete sich der Meister des scharfen Verstandes zu Wort:

„Wenn wir schon diesen aufrührerischen Seelen unser Ohr leihen und sogar noch die Verwirklichung ihrer Wünsche erwägen, dann sollten wir bedenken, auf welche Weise wir aus ihrer Reise auf die Erde den größtmöglichen Nutzen für die All-Einheit und für uns Bewohner des Himmels ziehen können. Den größtmöglichen Nutzen erzielen wir nur dann, wenn die Seelen in ihren Körpern auf Erden einen guten Verstand haben, um all die Erfahrungen, die sie dort machen, richtig zu beurteilen und im Gedächtnis zu behalten; alle Zusammenhänge dort unten zu begreifen, um sie uns später verständlich und wohlgeordnet berichten zu können. Es sollte völlig klar sein, dass die Seelen dieser Umstürzler nicht nur zu ihrem eigenen Vergnügen auf die Erde reisen dürfen. Sie sollten, ja sie müssen uns die Erfahrungen, die sie dort unten

128

machen werden, nach ihrer Rückkunft ausführlich beschreiben, damit wir uns ein Bild machen und unsere Sicht der Dinge entsprechend ordnen können. Dem kommt ihr aufrechter Gang zugute. Denn mit den langen Beinen, die sie so bekommen würden, sind sie in der Lage, in andere Gebiete jenes Sterns zu wandern und so nach und nach die ganze Welt dort unten zu erkunden. Ihr fähiger Verstand und ihre flinken Hände werden es ihnen ermöglichen, in allen Gegenden jener Welt zurechtzukommen und zu überleben. Auf diese Weise erfahren wir vieles über die unterschiedlichen Landschaften in jener Welt, über die verschiedensten Tiere und Pflanzen, die dort leben."

Der Meister der Verantwortlichkeit ergänzte:

„Wenn wir diese Seelen in ihren irdischen Körpern schon mit einem gehobenen Verstand ausstatten, dann sollten sie dort eine gehobene Verantwortung tragen. Bei den Tieren ist es gewöhnlich so, dass sie die Verantwortung übernehmen für sich selbst, für ihren Nachwuchs, für ihre Familien und für das Leben und Überleben der Art, der sie angehören. Das ist eine gute und lobenswerte Sache. Aber die Tiere übernehmen nicht die Verantwortung für ihren gesamten Lebensraum, so zum Beispiel für das Gedeihen und Weiterleben des Waldes und aller Tiere dort, oder für das Gedeihen der Seen und der Fische in ihnen. Dazu fehlt ihnen die Einsicht in die Zusammenhänge. Um ein einfaches Beispiel zu nennen: Der Fuchs jagt so viele Hasen, wie er kann, und wenn am Ende keine Hasen mehr da sind, dann sind nicht nur diese verschwunden, sondern auch der Fuchs selbst muss sterben, weil er nichts mehr zu jagen hat."

Und weiter, zu den anderen Ratsmitgliedern gewandt:

„Bitte seid nicht so ungeduldig: Ich weiß, dass mein Beispiel euch zu einfach ist, aber es trifft den Kern der Sache und eignet sich zum Verständnis dessen, was ich sagen will. Dem Fuchs in diesem Beispiel, so schlau er beim Beutemachen sein mag, dem Fuchs fehlt der Verstand, um die vielfältigen Auswirkungen seiner Jagd auf seinen Lebensraum zu begreifen.

Da ihr nun diese aufständischen Seelen auf die Erde lassen wollt, ohne dass sie sich das geringste Verdienst erworben hätten, welches eine solche Auszeichnung rechtfertigen würde, und da ihr sie noch mit einem gehobenen Verstand ausstatten wollt, so sollten sie unbedingt Verantwortung für ihr Handeln auf der Erde übernehmen, und über ihr Handeln nach ihrer Rückkehr in den Himmel Rechenschaft ablegen. Verantwortliches Handeln soll heißen, zum Wohle der Pflanzen und Tiere, zum Wohle des gesamten Lebensraums, ja zum Wohle des Planeten selbst und aller seiner Geschöpfe zu wirken."

Der Rat wurde sich langsam der Bedeutung und der Tragweite des Planes bewusst. Man hatte sich schon zu sehr mit den Einzelheiten des Vorhabens befasst, als dass man es so ohne weiteres hätte fallen lassen mögen. Aus den verschiedenen Überlegungen heraus traten die Vorteile des Unternehmens zunehmend deutlich hervor. Ja, es breitete sich unausgesprochen die Stimmung eines wohlwollenden Einverständnisses aus. Lediglich der Meister der weisen Voraussicht – manche nennen ihn auch den Meister der Bedenklichkeit – hatte noch etwas einzuwenden:

„Wenn ihr diesen Seelen in ihren neu zu schaffenden menschlichen Körpern auch noch einen fähigen Verstand verleihen wollt, dann sehe ich die Möglichkeit, dass sie diesen Verstand nicht nur für die edlen Ziele einsetzen, die unser verehrter Ratsbruder und Meister der Verantwortlichkeit soeben geschildert hat, sondern dass sie ihren Verstand für selbstsüchtige Zwecke einsetzen, für Dinge, die wir hier im Himmel längst überwunden glauben, wie zum Beispiel: Eitelkeit, Besitzstreben, Macht und – nicht auszudenken – die Anwendung von Gewalt gegen ihresgleichen! Mich schaudert bei dem Gedanken, doch könnt ihr eine solche Entwicklung völlig ausschließen? Wisst ihr, was sie mit ihren geschickten Händen alles anstellen werden?"

Doch die allgemeine Stimmung hatte sich schon zugunsten des Plans gewendet, und die warnenden Worte des Meisters der Weisen Voraussicht verklangen ungehört.

So kam es, dass die aufmüpfigen Seelen vom Himmel auf die Erde geschickt wurden, um hier als Menschen und zugleich als Tiere viel Neues zu erkunden, ihre Aufgaben zu erfüllen und sich zu bewähren." –

Meine Mutter verlor ihr Bewusstsein und sank in sich zusammen. Die Heilerinnen kümmerten sich um sie, betteten sie sanft, betupften ihr Gesicht mit Öl und pflegten sie liebevoll. Da dieses Vorkommnis nicht neu zu sein schien, kam keinerlei Besorgnis auf.

Wir konnten unter diesen Umständen meiner Mutter nicht geziemend danken und uns auch nicht richtig von ihr verabschieden, und es gab demzufolge keine angemessene

Dankesrede. Still und reich beschenkt verließen wir nach und nach das Versammlungshaus.

Ich war zutiefst beeindruckt. Ich hatte nicht alles verstanden: Was sind Schimpansen? Und was sind platonische Körper? Doch das sind Kleinigkeiten im Vergleich zu dem, was uns verzaubert hat. Ist die Geschichte wahr, die meine Mutter uns erzählt hat?

Meine Mutter kam erst am nächsten Morgen wieder zu sich und erholte sich in den nächsten Tagen von den Anstrengungen. Von den Inhalten ihrer Geschichte wusste sie gar nichts und erfuhr erst nach und nach durch unsere Schilderungen, was sie uns alles berichtet hatte. –

Im Laufe der kommenden Jahre durfte ich noch öfter an derartigen Erzählungen meiner Mutter teilnehmen. Es ging immer um die Geschichte der Menschen und um die Geschichte unseres Volkes. So erfuhren wir, dass unser Volk vor langer Zeit aus einem fernen Lande hierher gewandert war und sich mit anderen Völkern vermischt hatte; wir erfuhren, wie unser Volk die Eiszeit überlebt hat, dass es früher zwischen benachbarten Völkern Kriege gegeben hatte, dass wir und andere Völker wegen schlimmer Krankheiten beinahe ausgestorben wären; wir erfuhren, wie sich die Grundregeln des Zusammenlebens in unserem Volke herausgebildet haben. Meine Mutter ist nicht nur eine Geschichtenerzählerin, sondern sie ist die Bewahrerin der Geschichte, der Legenden und der Lebensregeln unseres Volkes. – – –

Teil III. Reisen in Vergangenheit und Zukunft

21. Ägypten

Gelegentlich, wenn es mich dorthin zieht, gehe ich des Nachts in das seltsame Häuschen Milum's. Ich habe seine Erlaubnis. Ich lege mich bequem auf eine Matte und gebe mich meinen Träumen hin. Einmal erlebe ich das Folgende:

Ich bin ein angesehener Mann in Ägypten: Ich bin der Schreiber des Pharaos. Meine Aufgabe ist es, neue Gesetze nach dem Befehl des Pharaos aufzuschreiben und dafür zu sorgen, dass die vielen Hilfsschreiber sie fehlerlos abschreiben, und dass die Abschriften überall im Land verteilt und befolgt werden.

Eine ebenso wichtige Aufgabe ist die Buchhaltung. Ich muss über alle Einnahmen und Ausgaben des Staates Buch führen. Es ist immer zu wenig Geld da. Die Paläste, der Hofstaat, die Statuen, die neue Pyramide, die Kriege verschlingen Unsummen. Der Pharao wünscht jedoch einen Staatshaushalt, der Überschüsse aufweist, denn die unterworfenen Völker seien ja tributpflichtig, Kriege würden gewonnen, Handel und Wirtschaft blühen. Alles glänzt, der Prunk ist überall, und der Pharao ist der größte Herrscher aller Zeiten. Das muss sich in der Buchhaltung niederschlagen.

So darf ich unter keinen Umständen eine zutreffende Abrechnung vorlegen, die die riesigen Fehlbeträge ausweisen würde. Ich muss die Rechnung schönfärben, alles muss zum Lobe des Pharaos sein. Dabei darf ich auf keinen Fall erwischt werden, denn das würde mich meinen Kopf kosten. Zudem muss ich darauf drängen, dass neue Kriege geführt werden, um neue Einnahmequellen zu erschließen.

Das Schlimmste sind die Umstände, unter denen die Sklaven an den Palästen, an den Statuen und an der neuen Pyramide arbeiten müssen. Sie schuften ohne ausreichende Nahrung, ohne feste Unterkünfte, mit schlechtem Wasser und mit schlechter Kleidung. Ihr Gesundheitszustand ist miserabel, eine medizinische Versorgung gibt es nicht, und viele, viele sterben. Deshalb brauchen wir immer neue Kriege, um neue Sklaven herbeizuschaffen.

Wenn ich mehr Geld hätte, könnte ich die Sklaven besser stellen. Es ist keines da. Der Pharao darf von dem erbärmlichen Leben der Sklaven nichts erfahren.

Der Hofmeister weiß, dass ich die Bilanzen fälsche. Er kann mich jederzeit verraten. Deshalb hat er mich in der Hand, und ich muss ihm jeden Gefallen tun und ihm jede gewünschte Menge Geldes geben. Er erpresst mich.

Ich halte das nicht mehr aus! Das Unerträglichste ist das Elend der Sklaven, an dem ich mich mitschuldig fühle. Dazu die Sorge, verraten und geköpft zu werden. Ich will fliehen, in meine Heimat weiter im Süden, wo wir dunklere Haut haben. Ich selbst habe dunklere Haut als die meisten Menschen hier, und ich war mir nie sicher, wie sehr dies dazu beitrug, dass ich bei Hofe immer das Gefühl hatte, nicht so richtig dazu zu gehören, trotz meines hohen Amtes.

Ich bereite meine Flucht vor: Kamele, Geld, eine Waffe. Ich beschließe, nach Westen zu reiten, da man vermuten wird, dass ich mich gen Süden wenden werde, meiner Heimat entgegen. Die Flucht gelingt: Ich reite nach Westen, von einer Oase zur nächsten. Je weiter ich mich von den Pyramiden entferne, umso leichter wird mir ums Herz, trotz der Strapazen, trotz der Hitze bei Tage und der Kälte bei Nacht, trotz des Durstes und des Hungers, trotz des Sandes in allen Kleidern. Der vollständige Gegensatz zu dem verschwenderischen Leben bei Hofe!

Nach sieben Tagen und sieben Nächten wende ich mich gen Süden. Eines Nachts schlafe ich wie immer unter freiem Himmel, als ein Geräusch mich weckt. Ein Ägypter ist über mir, mit einer blutrünstigen Fratze. Er schwingt einen Dolch und bohrt ihn mir in den Hals. Ich verblute. –

– Ich wusste zu viel. –

———

Mit Herzklopfen bis zum Halse
wache ich in Milum's Hütte auf.

———

22. Griechenland

Ein andermal habe ich in Milum's Hütte
die folgende kurze Wahrnehmung:

Ich sitze in einer Burg in einem Raum an einem Tisch und schreibe. Der Raum ist spärlich beleuchtet; in einer Ecke steht ein Bett; an der Wand hängt ein Kreuz, ansonsten ist der Raum angefüllt mit Pergamentrollen. Ich bin 19 Jahre alt und lebe, solange ich denken kann, auf dieser Burg in der Obhut von christlichen Mönchen.

Ich schreibe wie besessen. Auf dem Gang höre ich Schritte. Jemand geht vorbei. Hoffentlich schaut er nicht herein. Die Schritte verhallen in der Tiefe der Burg.

Ich schreibe seit einem Jahr an einer Geschichte, die offenbar in alter Zeit in einem Lande spielt, welches heute Germanien heißt. Warum ich das tue, weiß ich nicht. Ich kann nicht anders. Manchmal denke ich, dass ich die Geschichte selbst erlebt habe, die Geschichte Dhoaram's.

Die Geschichte wird bald fertig sein. Ich muss noch einige Rollen in Schönschrift übertragen, dann ist alles geschafft. Doch es geht mir nicht gut. Ich fühle mich schwach, entkräftet. In der Burg ist es kalt und feucht. Die Nächte verbringe ich mit Schreiben, und tagsüber habe ich viel Arbeit.

Ich bin müde. Durch das Fenster sehe ich das erste Licht des neuen Tages. Ich schließe das Tintenfass und reinige sorgfältig die Feder. Dann sinke ich auf mein Bett und schlafe sofort ein. –

23. Eiszeit

Einmal versetzen mich meine Bilder weit zurück in die Eiszeit, von der man nur noch vom Hörensagen weiß.

Wir wollen den Fluss überqueren. Es ist Sommer, und einiges von dem Eis auf dem Fluss ist geschmolzen. Ob die dünne Eisdecke uns trägt? Doch wir müssen hinüber und später auch wieder zurück, zu unseren Frauen und Kindern. Auf dieser Seite, wo wir leben, finden wir kein Tier mehr zum Jagen.

Wir haben zwei leichte Eis-Flöße mitgebracht, mit denen man brüchiges Eis überqueren kann. Die Flöße sind flach und leicht und können zwei Mann auch dann tragen, wenn das Eis bricht. Wir beschließen, dass nur zwei der besten Jäger mit Hilfe der beiden Flöße den Versuch wagen. Für den Fall, dass sie ein Tier erlegen, müsste auch dieses schließlich noch herübergeschafft werden.

Ich gehe mit hinüber. Nach langem Schieben und Ziehen erreichen wir das andere Ufer. Der Fluss macht mir immer Angst. Pfeil und Bogen haben wir mitgebracht. Jetzt heißt es, Fährtensuchen und Fährtenlesen. –

Wir leben ein hartes Leben. Wir werden nicht alt. Oft haben wir wochenlang nichts zu essen. Die Gemeinschaft der wenigen Familien hält unbedingt zusammen, mit Fürsorge füreinander. Was wir immer genug haben, sind Wasser und Feuer. Das kalte Holz brennt schlecht an, aber wenn es einmal brennt, spendet es eine schöne Wärme, die unsere erstarrten Knochen wieder lebendig werden lässt.

Es gibt Berichte von einem Land im Süden, wo es wärmer ist. Nach monatelangen Wanderungen kann man es erreichen. Dort sind die Flüsse im Sommer frei von Eis, und es gibt Früchte und Gemüse im Überfluss. An Jagdtieren mangelt es nicht. Manchmal macht sich eine Gruppe aus unserem Volk zu der großen Wanderung nach Süden auf. Ob sie das gelobte Land jemals erreichen, wissen wir nicht, denn sie kommen nie zurück. –

Bei der Jagd sind wir erfolgreich: Wir erlegen zwei Schneehasen und ein junges Reh. Auf den Flößen schaffen wir uns selbst und die Tiere über den Fluss zurück. Zum Schluss falle ich dann doch noch ins Wasser, doch wir hatten uns mit Seilen aneinandergebunden. So kann man mich leicht herausziehen. Ich reiße mir das Fell vom Leib und renne zu den Hütten, wo man rasch ein Feuer entzündet. –

24. Mexiko

Ein andermal sehe ich mich in einem Land,
welches Mexiko genannt wird.

Wir waren ein glückliches Volk gewesen. Doch dann kamen Krieger aus einer anderen Welt mit heller Hautfarbe, buschigen Bärten und mit furchtbaren Waffen. Sie töteten viele von uns, missbrauchten die Frauen, erstachen die Kinder und Greise, sperrten die verbliebenen jungen Männer und Frauen in Kerker und prügelten Tag für Tag auf uns ein.

Ich bin eine dieser jungen Frauen. Unser Mut, unser Stolz, unser Widerstand sollen gebrochen werden. Wir leisten keine Gegenwehr mehr. Man hat unseren Männern die Waffen genommen, unsere Gärten zerstört, unsere Verwandten getötet und unsere Schätze geraubt. Am gierigsten sind diese Unmenschen nach Gold. Auch für uns war Gold wertvoll zur Herstellung heiliger Gefäße und Figuren, aber sie sind wie besessen beim Anblick von Gold und begehen jede grausame Tat, um in seinen Besitz zu kommen.

Nachdem man uns all unsere Kraft und Willensstärke genommen hat, nachdem wir nur noch elende Bündel sind, die lieber gestorben wären als weiter diese Qualen zu erleiden, kommen andere Männer der Unterdrücker in schwarzen Kleidern und lehren uns ihre Sprache und den Glauben an ihren besseren Gott.

Wenn wir nicht willig die Wörter der uns fremden Sprache nachsprechen – sie nennen es Spanisch – und wenn wir nicht willig ihre Glaubensbekenntnisse nachsprechen, dann werden wir gefesselt und geschlagen, mit dem Entzug von Nahrung und Wasser bestraft und in dunkle Höhlen geworfen.

Es ist der Punkt gekommen, wo ich nicht mehr mitmache. Ich verweigere jeden Befehl, nehme keine Speise mehr zu mir und stelle mich schmerz-unempfindlich. Das bringt den Aufseher so in Wut, dass er mich vergewaltigen will, doch ich beiße ihn und trete ihn. Seine Wut steigert sich derart, dass er mich erwürgt.

25. Brasilien

Ich habe langsam genug
von diesen schrecklichen Bildern.
Doch es ist noch nicht das Ende.
An einem anderen Abend in Milum's Hütte:

Die weißen Herren besitzen alles Land. Wir Indios sind neben den aus Afrika herbeigeschafften Schwarzen die Sklaven, die alle Arbeit verrichten müssen. Wir Indios passen uns noch schlechter den Wünschen der weißen Herren an als jene, und am liebsten würden sie uns alle umbringen. Auch die Schwarzen mögen uns nicht, obwohl sie dasselbe Schicksal erleiden wie wir. Sie zeigen einen gewissen Stolz uns gegenüber; wir Indios sind von den Untermenschen noch die aller-unterste Klasse. Wenn es den weißen Mann gelüstet, dann schläft er mit einer Schwarzen, nicht mit einer Indio-Frau.

Obwohl wir genug zu essen haben, geht es uns nicht gut. Wir müssen zwölf Stunden am Tag schuften, wir haben keinerlei Rechte, wir dürfen nicht heiraten, und wenn wir alt und krank werden, dann lässt man uns einfach verrecken.

Dieses Land war einmal unser Land. Wir bewohnten die unendlichen Wälder, befuhren den mächtigen Amazonas, besiedelten die Berge und Täler, hatten unseren Glauben an unsere wunderbaren Götter und besaßen kostbare Schätze, die der Ausübung unseres Glaubens dienten, und waren stolz auf unser Land, auf unseren Glauben und auf uns selbst. Alles haben uns die Weißen genommen. –

Im Geheimen gibt es ein Geflüster, welches besagt, dass einige wenige der weisesten und mutigsten Männer und Frauen unseres Volkes sich mit unseren heiligsten Schätzen schon vor zwei Menschenaltern in die Wälder und in die Berge geflüchtet haben. Wohin sie unsere Schätze vor der unersättlichen Gier der Weißen haben retten können. Dass sie dort unsere Sprache, unseren Glauben, unsere heiligen Handlungen bewahren bis zu einer Zeit, wo der Indio wieder der Herr seines wunderbaren, heiligen Landes sein wird.

Zu unseren Schätzen gehören die größten und schönsten Kristallschädel [13], die uns von den Göttern geschenkt wurden. Sie sind ein vollkommenes Abbild unserer menschlichen Schädel, sie sind nicht fehlbar wie wir Menschen und tragen alle Weisheit dieser Welt in sich. Wehe dem Priester des weißen Mannes, der einen Kristallschädel findet und ihn zerstört!

---

[13] Kristallschädel: s. Literaturverzeichnis

Er bringt damit großes Unglück über sich und alle, die seinen Glauben teilen. –

Ich möchte in die Wälder. Ich möchte zu den Bewahrern unseres Wissens gehen. Ich möchte unsere eigene Sprache wieder sprechen, unseren Glauben, unsere Jagd, unsere Künste leben. Ich möchte wieder eine echte Indio-Frau sein. Ich möchte den Bewahrern helfen, alles zu verbergen, unsichtbar zu machen, überdauern zu lassen.

Ich fühle mich jung, in guter Verfassung, leistungsfähig und willensstark. Ich kenne den weißen Mann gut genug, um sein Verhalten einzuschätzen und um ihm auszuweichen. Sein Dünkel ist sein Verderb. Wir Indios werden überleben, wenn die jämmerliche Geschichte des weißen Mannes beendet und vergessen sein wird.

Ich übe täglich meinen Körper und schärfe meinen Geist, spare etwas Geld, lege eine kleine Ausrüstung bereit und bereite mich auf das große Abenteuer vor.

Wenn ich das Geflüster höre, lausche ich mit Aufmerksamkeit, sage aber nichts. Niemandem erzähle ich von meinen Plänen, keinem Indio und nicht meinen Verwandten. Statt dessen bereite ich mich seelisch auf Entbehrungen vor und auf eine lange Suche. Auch auf den Fall, dass ich die Bewahrer nicht finden werde, bin ich innerlich vorbereitet. Was ich in mir spüre ist unsere Kraft, die Kraft der Indios.

– Die Reise steht kurz bevor. –

———

26. Meine Insel

Ich bin ein junger Krieger, mit hellbrauner Haut, spärlich bekleidet. Ich bin der Anführer einer Gruppe von Jungkriegern. Wir stehen auf einem Berg hoch über dem Meer. Wir sind wie gewöhnlich bewaffnet mit Speeren, Pfeil und Bogen.

Als wir auf das Meer hinabschauen, sehen wir mit Schreck ein riesiges Schiff nahe der Küste vor Anker liegen. So etwas haben wir noch nie gesehen! Wir selbst haben nur Boote, mit denen wir bei ruhigem Wetter auf die Nachbarinseln fahren können.

Schwerbewaffnete, schwarz gekleidete Krieger gehen an Land. Sie sehen furchterregend aus. Sie müssen aus einer anderen Welt stammen, denn solche Menschen gibt es bei uns nicht.

Meine Kameraden scharen sich um mich, denn ich bin der Anführer der kleinen Gruppe. Wir blicken wie gebannt hinab. In mir tönt es mit tiefer Furcht:

„Sie nehmen uns die ganze Insel weg!"

Ich weiß, dass wir gegen diese Ungeheuer nicht bestehen können. Die erwachsenen Krieger unseres Volkes sind nicht da. Ich weiß, dass es unser Untergang ist.

– Ich gebe das Zeichen zum Angriff. –

———

– Ich erwache aus dem Traum und weine bitterlich. –

———

27. Indien

Ich bin Schüler eines indischen Weisheitslehrers, eines Gurus. Ich genieße die Wertschätzung des Meisters. Bei allen Übungen bin ich fleißig und ausdauernd, bei der Arbeit im Ashram bin ich immer bemüht, alles richtig zu machen, zur Zufriedenheit aller.

Der Guru ist milde und streng, zuweilen ernst, zuweilen heiter gelöst. Der Satsang, das Zusammensein mit dem Meister, verläuft manchmal in meditativer Stille, manchmal erhalten wir eine Belehrung, und manchmal dürfen wir eine Frage stellen, auf die wir eine Antwort bekommen oder auch nicht.

Einmal steht im Ashram das Thema von Wahrheit und Lüge im Raume, weil einer der Schüler versucht hatte, sich aus einer unangenehmen Lage herauszuschwindeln. Der Meister – es ist der Weise vom Dorfe am Berg, ich erkenne ihn wieder – spricht:

„Unser Verstand steht uns im Wege. Er ermöglicht uns zu lügen. Er kann von jedem Gedanken auch das Gegenteil denken. Wir können lügen aus Spaß, weil wir einmal ausprobieren möchten, was passiert, wenn wir nicht die Wahrheit sagen. Das tun Kinder in dem Alter, in dem sie die Möglichkeit der Unwahrheit entdecken. Wir können lügen, weil wir uns einen Vorteil erhoffen oder weil wir in Not sind oder aus Bosheit. Der Kampf zwischen Wahrheit und Lüge begleitet uns ein Leben lang.

Schon allein nichts zu sagen, die Wahrheit zu verschweigen, ist eine Form der Lüge. Aber wir können nicht immer die

Wahrheit sagen, schon, um andere nicht zu verletzen. Wir haben unsere Unschuld verloren."

Der Meister hat sich in Stimmung geredet, wohl deshalb, weil er so aufmerksame Zuhörer hat. Einer bemerkt:

„Wir haben doch schon als Kinder gelernt, dass wir nicht lügen dürfen, und wir bemühen uns nach Kräften, immer die Wahrheit zu sagen."

„Wir Menschen bemühen uns nicht, das Lügen zu vermeiden; wir bemühen uns nur, nicht dabei ertappt zu werden. Denn es ist unangenehm, beim Lügen erwischt zu werden. Vor vielen Menschenaltern hatten alle Menschen die Fähigkeit, Gedanken zu lesen; da war es unmöglich zu lügen. Heute haben diese Fähigkeit nur noch wenige, und es wird eine Zeit kommen, in der niemand mehr Gedanken lesen kann. Die Lüge hat begonnen, die Welt zu beherrschen.

Ein Tier lügt nicht. Es lebt in seiner Schönheit und in seiner Grausamkeit im Augenblick. Wir Menschen haben die Lüge erfunden, welche unsere Seele vergiftet und unsere Gefühle verfälscht. Wir sind unreine Wesen geworden, die nicht mehr so sein können, wie sie eigentlich gemeint sind. Auf den Reisen in die geistige Welt erleben wir uns selbst in unserer wahren, reinen Form.

Tiere erfahren die Welt in Bildern, Tönen und Gerüchen. Wir Menschen haben solche Erlebnisweisen auch, aber der Verstand ist so mächtig, dass er bei uns die Bilder, Töne und Gerüche in den Hintergrund drängt und wir die Welt nur noch durch unsere Gedanken wahrnehmen. Die Gedanken bestehen aus Worten und Begriffen. Wir denken und leben in Worten und Begriffen. Wir haben so nur ein mittelbares, kein unmittelbares Empfinden mehr der Welt um uns herum. Das Tier lebt in der Gegenwart; der Mensch lebt durch seine Gedanken nicht in der Gegenwart, sondern in Vergangenheit und Zukunft. Der Augenblick lügt nicht." –

Unser geliebter Meister, unser Yogi, wird von den Menschen in den umliegenden Dörfern als erleuchtet angesehen. Dazu belehrt er uns wie folgt:

„Erleuchtung ist kein Zustand, sondern eine Fähigkeit. Kein Erleuchteter kann vierundzwanzig Stunden am Tage erleuchtet sein. Doch er besitzt die Fähigkeit, in geistige Welten zu reisen.

Die größte solcher Erfahrungen ist die Erfahrung der Einheit mit allem, was ist. [14] Dann ist man eins mit dem Licht, mit dem Weltall, mit der Liebe, mit der unendlichen Weisheit. Man erfährt das allumfassende Wissen, man erhält Antworten auf alle Fragen, man erkennt den Sinn des Lebens und den Sinn des Seins. Der Meister kann solche Reisen tun und wieder zurückkehren, ohne den Verstand zu verlieren. Leider kann er die Erkenntnisse, die Antworten auf all seine Fragen, die er dort bekam, nicht hierher mitbringen. Ihm bleibt nur die Erinnerung, dass er diese Erkenntnisse hatte. Es bleiben ihm nur die damit verbundenen höchsten Gefühle in Erinnerung, ohne dass er in Worten seine Einsichten wiedergeben könnte, ohne dass er seinen Schülern die letzten Wahrheiten mitteilen könnte. Das Universum besitzt alles Wissen und alle

---

[14] Der Guru berichtet von einer Gottesschau, einer Unio Mystica, wie wir es heute nennen. Siehe „Gottesschau" im Literaturverzeichnis

Weisheit, und für einen kurzen Augenblick können wir daran teilhaben, aber auf die Erde hierher mitbringen können wir sie nicht.

Ist euch einmal aufgefallen, dass auch die größten Lehrer, die weisesten Weisen, euch eure Fragen nach dem Sinn des Lebens nicht beantwortet haben? Wie ist die Welt entstanden? Woher kommen die Seelen? Wozu gibt es Menschen? Im Jenseits bekommt ihr alle Antworten; hier jedoch nicht. Statt Antworten zu bekommen, könnt ihr hier auf Erden Erfahrungen sammeln – das ist es, was ihr hier tun könnt.

Lest einmal die weisesten aller Bücher. Sie enthalten wirklich viel Gutes, viel Lebenserfahrung, viel Wissen und viele wunderschönen Geschichten, die das Herz berühren. Aber die Antworten auf die vier großen Fragen aller Philosophie enthalten sie nicht: Wie wurde die Welt erschaffen? Wer ist der allumfassende Geist? Welches ist der Sinn des Lebens? Welches ist meine Lebensaufgabe?

Zumindest ist es für mich als euren Lehrer so. Es ist meine Wahrheit. Die geistigen Wahrheiten sind immer ganz persönlich. Wenn euch ein anderer Lehrer etwas anderes erzählt, so ist das seine Wahrheit, oder er erzählt euch das, was ihr gerne hören wollt. Mir ist es wichtig, euch die Dinge so darzustellen, wie sie meiner eigenen Erfahrung entsprechen.

Die Fähigkeit, in die geistigen Welten zu reisen, erwerbt ihr durch die Meditation, die ich euch lehre. Es ist auch Begabung vonnöten, ebenso Fleiß. Einige erlangen solche Fähigkeit, andere nicht. Ob diese Fähigkeit euch für euer Leben wichtig ist, müsst ihr für euch selbst entscheiden." –

Meine Erfolge in der Meditation sind bescheiden. Ich neige dazu, während der Meditation einzuschlafen oder mit meiner Aufmerksamkeit gänzlich abzuschweifen. Obwohl der Meister mich mag, obwohl ich mich von der Gemeinschaft des Ashram angenommen fühle, bin ich mit mir selbst unzufrieden wegen meiner mangelnden Fortschritte in der Meditation.

Einmal getraue ich mich, im Satsang folgende Frage zu stellen:

„Verehrter Rishi, die Welt ist in einem beklagenswerten Zustand. Überall gibt es Krieg; Luft, Boden und Wasser werden vergiftet; die Bevölkerung in allen Teilen der Welt wächst ins Unermessliche; die moderne Medizin, die unsere Städte erreicht hat, verabreicht den Kranken nur noch Gifte als angebliche Heilmittel, unsere althergebrachte Medizin wird zunehmend verlacht. Und wir sitzen hier friedlich in deinem schönen Ashram und hören uns deine Weisheiten an, tun aber nichts, um der Welt zu helfen."

Mir ist klar: Das ist starker Tobak; es hatte sich in mir so sehr aufgestaut und mich gequält, dass ich es herauslassen musste. Der Meister nimmt's gelassen, nach der Meister Art, und spricht:

„Mein geliebter Schüler, deine Sorgen sind berechtigt. Es sieht nicht gut aus auf dem Planeten. Selbstsucht, Geld, Macht und Gewalt beherrschen die Welt. Was kann der Einzelne tun? Er kann zuerst an sich selbst arbeiten. Denn wie willst du der Welt helfen, wenn du dir nicht selbst helfen kannst? Wie willst du der Welt helfen, wenn es dir an der rechten Einsicht fehlt? Wie willst du der Welt helfen, wenn es dir an Liebe mangelt?

Nehmen wir einmal als Beispiel das Problem der Übervölkerung vieler Kontinente. Wenn du fünfzehn Leute fragst, was dagegen zu tun sei, dann werden fünf von diesen das Problem gar nicht wahrhaben wollen; fünf andere werden das Problem zwar sehen, es aber für nicht lösbar halten; und die restlichen fünf werden dir fünf verschiedene Lösungsvorschläge machen, die sich in Wahrheit alle nicht verwirklichen lassen. Meinst du, dass du die Lösung kennst? Ist das nicht ein bisschen vermessen? Ist es nicht besser, zuerst die Dinge zu verstehen, ehe du versuchst, sie zu ändern?

Alles hat so, wie es ist, seinen Sinn. Das ist die Botschaft, die ich aus dem Universum mitgebracht habe. Und wir wissen: Aus dem Schlechten entsteht schließlich das Gute. So können wir erwarten, dass all das Schreckliche, das zur Zeit auf unserer Mutter Erde geschieht, dazu dient, eine große Reinigung vorzubereiten, die schließlich das helle Licht neu erstrahlen lässt. Wie du weißt, stehen wir vor einem Wechsel der Zeitalter: Das Kali-Yuga, das finstere Zeitalter, geht zu Ende und macht einem neuen, lichten Zeitalter Platz." –

Des Meisters Worte stellen mich überhaupt nicht zufrieden. Ich beschließe, fortzugehen in die Städte, dorthin, wo die Geschicke der Welt gelenkt werden. –

Ich war in die Stadt gegangen, um am modernen Leben teilzunehmen und wollte mich an der Rettung der Welt beteiligen. Doch war ich auch hier nach kurzer Zeit enttäuscht, da die Menschen nur selbstsüchtige Ziele verfolgen und Lug und Trug überhand genommen hatten. –

Eines Nachts ruft mich im Traum der Meister zu sich.

Er empfängt mich freudig in seinem Ashram und bittet mich zu einem persönlichen Gespräch. Seine offensichtliche Freude passt nicht zu meiner Scham, ihn schmählich verlassen zu haben, obwohl ich von ihm und seinen Schülern doch nur Gutes erfahren hatte.

Mein verlegenes Schweigen nicht achtend, beginnt der Meister seine Worte wie folgt:

„Mein lieber Schüler, ich hatte es bedauert, dass du uns verlassen hattest. Du musstest erst noch einige Erfahrungen in der Stadt sammeln, und ich musste dich erst in einem neuen Lichte sehen. Mir war bei deinem letzten Aufenthalt hier nicht klar geworden, wer du wirklich bist, und mir war nicht klar geworden, dass wir uns aus einem früheren Leben kennen. Erst als du gegangen warst, habe ich uns in einem früheren Leben gesehen."

Ich blicke den Meister verständnislos an.

„Du warst in einem früheren Leben in der Mitte Europas ein junger Mann mit seherischen Fähigkeiten, zu einer Zeit, die wir heute die Jungsteinzeit nennen. Ihr führtet ein einfaches, naturverbundenes Leben. Ich lebte in einem anderen Dorf in deiner Nähe, und man nannte mich den Weisen vom Dorfe am Berge. Des Öfteren hast du mich besucht, und wir haben tiefgründige Gespräche geführt. Du hießest ‚Dhoaram'.

Mir ist seltsam zumute. Irgendwie kommt mir der Name ‚Dhoaram' bekannt vor, und der Name „Der Weise vom Dorf am Berge" löst in mir eine schwache Erinnerung aus, verbunden mit einem Gefühl der Sehnsucht. Diese Erinnerungen sind nebelhaft und geheimnisvoll und ängstigen mich. Mir läuft ein Schauder über den Rücken.

Der Meister fährt fort:

„Du hattest die Fähigkeit, in die Zukunft zu schauen. Manchmal gingest du in Milum's Hütte, legtest dich bequem auf eine Matte und sahest Begebenheiten aus der damaligen Zukunft. Einmal sahest du dich hier bei mir in meinem Ashram. Anders gesagt: Du lebtest in deinem Dorfe im Walde, hattest dort eine Zukunftsvision, als seiest du hier bei mir. Innerhalb dieser Vision hattest du den Eindruck, wirklich hier zu sein; ja, noch deutlicher: Du nahmst wahr, wie du eines Tages hier bei mir sein wirst, genauso, wie du es jetzt hier erlebst."

Auf einmal verstehe ich das. Der Guru hat offenbar Fähigkeiten, von denen er seinen Schülern nichts erzählt: Er kann in ein früheres Leben zurückblicken. Ich werfe ein:

„Ich bin jetzt hier. Kann ich in einer Schau in die Vergangenheit mich im Dorfe im Wald erleben, als ... Dho..., wie sagtest du? ... als Dho...a...ram?"

„Wenn du hier und jetzt auch seherische Fähigkeiten besitzt. Ich weiß nicht, ob du dann bald wieder hierher zurückkehren würdest; ich habe noch einiges mir dir zu besprechen."

Ich frage: „Ist es also gleich, ob ich hier bin und in einer Schau in die Vergangenheit in dem Dorf im Walde bin, oder

150

ob ich im Dorf im Walde bin und in einer Schau in die damalige Zukunft hinein hier bin? Ist es beides beliebig austauschbar, also gleichwertig, gleichzeitig?

„So ist es. Du erkennst das daran, dass du deine Vergangenheit im Dorf im Wald nicht verändern kannst, wenn du von hierher dorthin zurückkehrst; ebenso wenig kannst du deinen Aufenthalt hier verändern, wenn du aus dem Dorf im Wald hierher in die Zukunft gehst. Das ist der Unterschied zu Träumen, die man verändern, steuern, lenken kann, wenn sie luzide [15] sind, wie du weißt."

Ich habe das Gefühl, von unserem geliebten Meister als gleichwertiger Gesprächspartner angenommen zu werden, und bemerke:

„Es ist also gleich, ob ich das HIER bei dir, geliebter Meister, als das JETZT betrachte, und mein Leben im Dorfe am Wald als Vergangenheit, oder ob ich mein Leben im Dorfe am Wald als das JETZT erlebe und das HIER bei dir als Zukunft."

„Gewiss. Allerdings kann man für gewöhnlich mit dem Bewusstsein nur in einem JETZT sein und das andere entweder als Vergangenheit oder als Zukunft begreifen. Die Reisen in Vergangenheit und Zukunft setzen Begabung und viel Erfahrung als Seher voraus. Menschen, deren Bewusstsein sich zugleich in zwei Welten aufhält und die hierin nicht eingeweiht sind, verlieren leicht die Orientierung und werden, wenn es ihren Mitmenschen auffällt, von diesen schnell als

---

[15] siehe Wikipedia: Klartraum

geisteskrank angesehen. Viele Geisteskranke sind nur Menschen mit der besonderen Fähigkeit des doppelten Bewusstseins, mit der Fähigkeit, an zwei verschiedenen Orten zu zwei verschiedenen Zeiten zugleich zu sein. Das führt bei Unerfahrenen leicht zu einer geistigen Verwirrung, und in der einen oder in der anderen Welt zu unangemessenem, auffälligem Verhalten."

„Es ist ein Geschenk und eine Aufgabe, eine Aufgabe, die nicht immer leicht zu erfüllen ist, wie du aus eigener Erfahrung weißt. Wir könnten die Probe aufs Exempel machen, und du könntest jetzt zurückgehen in deine Existenz im Dorf im Walde und könntest mich dort als den Weisen vom Dorfe am Berg erleben. –

Der Meister lädt mich zu einer Nachmittags-Pause zusammen mit seinen anderen Schülern ein. Einige erkennen mich wieder und begrüßen mich herzlich.

Sicherlich sind einige der Schüler verwundert darüber, dass ich mit dem Guru ein persönliches Gespräch führen durfte. Doch der Meister hat bei uns eine so hohes Ansehen, dass niemand einen Zweifel an seinem Verhalten und an seinen Entscheidungen hegt.

Nach der Erfrischung, die wir alle gemeinsam einnehmen, bittet der Guru mich wieder allein zu sich und setzt unser Gespräch mit den folgenden Worten fort:

„Mein geliebter Schüler und Freund, mit meinen Schülern spreche ich nicht über frühere oder zukünftige Leben. Es würde sie dazu verleiten, sich in Spekulationen über ihre Vergangenheit und über ihre Zukunft zu verlieren, und sie

152

würden vergessen, im HIER und JETZT zu sein. Es ist eine wichtige Übung, in diesem Augenblick zu sein, nicht gestern oder morgen, nicht heute Morgen oder heute Abend, sondern genau im JETZT, in diesem so flüchtigen Moment. Du hast selbst diese Übung oft genug bei uns mitgemacht und hattest einigen Erfolg darin."

„Verehrter Meister, ich bin dir sehr dankbar, dass du mich und uns diese Übung gelehrt hast: Wie ich mich in der Welt fühle, wie ich mich in mir selbst fühle, das hat sich dadurch gewandelt. Ich habe von dir gelernt, dass man darüber hinaus weitere Fähigkeiten erwerben kann, wie zum Beispiel, jemandem ein wahrer Freund zu sein."

„Man kann und sollte viele Fähigkeiten erwerben. Zum Beispiel die Kunst des Kochens, die Kunst, den Garten zu bestellen, die Kunst, das Haus zu reinigen. Doch die Fähigkeit, im HIER und JETZT zu sein, übertrifft alle anderen Künste, sie betrifft unser ganzes Leben, ganz gleich, was wir gerade tun."

28. Das Ende der Zeit

Wir ringen nach Luft. Die Luft ist mit gelben Dämpfen angefüllt. Wir sind dem Tode nahe. Das Trinkwasser ist schmutzig und stinkt. Genießbares Essen gibt es schon lange nicht mehr. Wir alle sind krank, voller Geschwüre, Blut quillt uns aus Augen, Mund und Nase. Gewächse wuchern aus unseren Körpern und wir werden verrückt. Wir werden zu Kannibalen und essen unsere sterbenden Nachbarn.

Es fallen Steine vom Himmel herab,
die am Boden zerplatzen
und Tausende von Menschen zugleich töten.
Überall ist Krieg.
Hitze und Kälte bringen uns um.
– Die Menschheit ist am Ende. –

————

Die Bevölkerung der Erde wuchs und wuchs.
Obwohl überall Krieg herrschte, schon seit langer Zeit,
obwohl Hunger und Elend herrschten, schon seit langer Zeit,
obwohl Krankheiten ganze Völker dahinrafften, schon seit
langer Zeit,
wuchs die Zahl der Menschen auf der Erde
immer noch weiter.
Bis heute.
Der Höhepunkt ist erreicht.
Es ist aus.
Der Höhepunkt ist der Untergang.
Wir sterben.

————

Stille.
Es gibt keine Menschen mehr.
Es gibt keine vierbeinigen Tiere mehr,
keine Vögel und keine Fische.
Es gibt keine Wälder mehr,
nicht einmal mehr gibt es einen einzigen Baum.
Unsere Mutter Erde ist tot.

—— TOD ——

————

–

29. Ein ganz normales Leben

Die schrecklichen Schauungen werden mir zu viel. Ich kann nicht mehr ruhig schlafen, bin blass und unruhig, ja, ich fühle mich krank und unglücklich. Und das im Alter von neunzehn Jahren, zu einer Zeit, in der andere Jungmannen die schönen Verführungen eines jungen Lebens erproben und genießen.

Ich war gerne bereit gewesen, meine Aufgabe, so wie die Meisterin im Berg gesagt hatte, und so wie der Weise vom Dorfe am Berg gesagt hatte, zu erfüllen. Ich hatte ein Verantwortungsgefühl empfunden, hatte mir einen Schild gebaut und war mir meiner Lebensaufgabe sicher, obwohl ich den Sinn all dessen nicht erfassen konnte. Jetzt wehrt sich etwas in mir gegen die Qualen der Schauungen, und ich fühle mich der Verpflichtung nicht mehr gewachsen.

Wen kann ich um Rat fragen? Es zieht mich wie von selbst wieder zu dem Weisen im Dorfe am Berg. Als ich dort ankomme, schaut er schon aus seinem Haus heraus und bittet mich mit einer Geste herein. Wir setzen uns, und nach einer Zeit des Schweigens sagt er:

„Es wird dir zu viel. Das verstehe ich. Du hast deine Aufgabe, die dir für diesen Lebensabschnitt gestellt war, erfüllt. Gehe zu deiner Eule und sprich mit ihr. Dann wird alles gut werden."

Wir sitzen noch lange schweigend beisammen. Ich fühle mich verstanden und beschützt in der Gegenwart dieses Weisen Menschen. Er weiß alles über mich, ohne dass ich ihm irgend etwas erklären muss, und ich habe das Gefühl, dass er meine Aufgabe besser kennt als ich selbst, und dass er weiß, welchen Sinn sie hatte, und dass ich sie vollendet habe. –

So gehe ich am Abend in Milum's Forscherhütte und bereite mich auf eine Reise zur Eule vor. Sie erscheint mir bald und begrüßt mich vertraut.

„Ja", sagt sie, „es ist der Schauungen genug. Du warst sehr tapfer, du hast gute Arbeit geleistet, den Rest erledigen wir. Und was du noch zu tun hast, heben wir für später auf. Es wird dich nicht mehr so hart treffen, hoffe ich. Gehe nun heim und ruhe dich aus."

Ich danke der Eule und gehe hin zu dem Moos. Ich lege mich nieder, verschwimme mit dem Moos und fühle mich seit langem wieder wohl, unendlich wohl in einer zeitlosen Geborgenheit. Die Ruhe der Bäume um mich her, das Gemurmel des friedlichen Baches, das Summen der Bienen, das unmerklich langsame Wachsen der Bäume, keine Fragen mehr, nur der verborgene Sinn in allem: Das ist es, was ich spüre, was ich bin. –

Als ich aus dieser Schau erwachte, nach Hause gegangen und in der Nacht geschlafen habe, spüre ich am nächsten Morgen eine Leichtigkeit, eine Befreiung, eine Einfachheit und Klarheit, wie ich sie so noch nie empfunden hatte. Obwohl mir mein Auftrag nicht verständlich gewesen war, schien er mir notwendig in den Lauf der Welt zu gehören. Doch es scheint mir, dass der Auftrag erledigt, abgearbeitet, vollendet ist. Und ich weiß, dass es nicht umsonst gewesen ist, dass es eine Bedeutung gehabt hat, und dass eines Tages alles aufgeschrieben werden wird in einer Schrift, die erst noch erfunden werden muss. Indem ich noch darüber nachdenke, höre ich eine tiefe Stimme in mir sagen:

„Es ist nicht nötig, dass über das, was du gesehen hast, geredet wird. Du musst nichts weiter tun. Unverständnis und Ablehnung schaden. Geheimnisse muss man wahren. Es genügt, dass die Bilder in der geistigen Welt vorhanden sind: So werden sie ihre Wirkung entfalten. Wenn die Menschen nicht aufmerksam sind, wenn sie die Zeichen nicht sehen wollen, wenn sie die Weisheit der Schöpfung nicht erkennen wollen, dann werden sie das finstere Zeitalter bis zur Neige durchleben müssen." –

Ich werde nie mehr solche schrecklichen Bilder sehen müssen!

Es ergibt sich wie von selbst, dass ich beginne zu gärtnern, zu jagen, mich mehr um die Angelegenheiten der Menschen im Dorf zu kümmern, mich auf den nächsten Wettkampf vorzubereiten, mich der Ruhe und dem Spiel hinzugeben, zu musizieren, kurz: All das zu tun, was man bei uns für gewöhnlich tut.

Die Menschen fangen an, mich weniger als einen Besonderen zu behandeln, mich mehr als einen der Ihren anzusehen, mich in ihre alltägliche Gemeinschaft aufzunehmen.

Mayra und ich heiraten und erwarten Nachwuchs, einen Sohn, wie die Weisen Frauen schon früh wissen. Mayra ist das Licht meines Lebens. Wir wohnen im Hause meiner Mutter, weil hier mehr Platz ist. Mayra wurde auserwählt, alle Geschichten, die meine Mutter über die Vergangenheit und die Herkunft unseres Volkes erzählt, auswendig zu lernen,

denn es ist nicht sicher, dass es für meine Mutter eine Nach-
folgerin geben wird, durch die hindurch der alte Geschichten-
bewahrer sprechen kann. Das Dorf weiß wohl nicht, dass Mayra die Wiedergeburt Dulgur's ist. Vielleicht gibt es ein Ge-
munkel. Dulgur ist so bescheiden, es liegt ihm, es liegt ihr
nichts an einem hohen Ansehen. Mayra lernt die Geschichten
mit viel Eifer und Freude auswendig, sodass ich vermute, sie
wird einmal eine große Geschichtenerzählerin werden. –

Großvater stirbt und wird in einer bewegenden Feier bei-
gesetzt. Alle nehmen teil. –

Garann empfängt seine Einweihung zum Erwachsenen,
und wir bleiben unzertrennliche Freunde: Er ist und bleibt
‚mein großer Bruder‘. Manchmal gehen wir in den Wald, um
uns im Bogenschießen zu vervollkommnen. Zudem gehen wir
gemeinsam auf die richtige Jagd. –

Meine Mutter legt hinter dem Hause einen neuen Ge-
müse-Garten an, und ich helfe ihr dabei als ihr kräftiger,
dankbarer Sohn. – Milum verschwindet immer öfter für Tage
und Nächte in seinem Forscherhaus. –

So fühle ich mich bald als ein gewöhnlicher Dorfbewohner. Ich muss ehrlich zugeben, dass meine besonderen Fähigkeiten, die ich hatte, und meine Aufgabe, die mir zuteil war,
in mir die Versuchung des Stolzes hervorgerufen hatten. Das
war mir bewusst gewesen, und ich hatte immer dagegen an-
gekämpft, und ich hoffe, mit ein wenig Erfolg. –

Niemals mehr werde ich in das verwunschene Häuschen
Milum's gehen! –

30. Doares, der junge Grieche

Die Geschichte Dhoaram's fand sich vor nicht langer Zeit auf Pergament-Rollen in altgriechischer Sprache in einer alten Klosterburg im Norden Griechenlands. Am Ende des Textes standen in griechischer Handschrift die folgenden Zeilen:

„Ich bin Doares, geboren in den Bergen Nordgriechenlands, nahe Filippi. Ich bin aufgewachsen im Kloster St. Marcos ebendort.

Mein Vater ist der Abt des Klosters. Er war früher ein Priester des Athene-Glaubens, bekehrte sich jedoch zum Christentum. Um dem Spott der Menschen zu entgehen und um ein gottesfürchtiges Leben zu führen, zog er sich mit einigen seiner neuen Glaubensbrüder in die nördlichen Berge in eine alte Burg zurück. Seine Glaubensbrüder sind Männer im Alter zwischen 30 und 50 Jahren, er selbst ist 58 Jahre alt, als ich diese Zeilen im Alter von 19 Jahren niederschreibe.

Soweit ich zurückdenken kann, lebe ich bei den Männern im Kloster. Meine Erziehung übernahm Bruder Johannes, ein gelehrter Mann, der heute 48 Jahre alt ist. Er war früher ein junger Lehrer an einer Schule in Athen. Obwohl hier in den Bergen eine starke Mundart gesprochen wird, sprechen wir im Kloster nur athenisches Griechisch, welches die Weltsprache ist. – Allerdings setzt sich das Lateinische immer mehr durch wegen der Ausbreitung des Römischen Reiches; aber wir sprechen nur griechisch. –

Bruder Johannes lehrt mich alles, was er weiß, so die Mathematik des Pythagoras, dessen Lehre der kosmischen Klänge, die Weisheit der Smaragdtafeln des Hermes

Trismegistos, die Philosophien des Platon und des Aristoteles, die von Platon überlieferte Fragekunst des Sokrates, die Geschichte Ägyptens und die Sage von Atlantis, die wunderbaren Dichtungen Homer's, die Geschichte Herodot's, und alles, was zu unserem Wissens-Schatz dazugehört. Ich sauge alles in mich auf wie ein trockener Schwamm. Bei alledem ist mir und ist uns allen die Pflege der griechischen Sprache ein Grundbedürfnis. Es gibt nichts Schöneres.

Natürlich lernte ich Schreiben, und dazu gehört, einen Federkiel herrichten zu können und vor allem, wasserfeste Tinte zuzubereiten. Das ist ein mühsamer Prozess. Die Verwendung der wasserfesten Tinte ist heikel, weil sie in der Feder schnell eintrocknet. Das Pergament müssen wir kaufen; das hier aus der Gegend ist zwar billig, aber auch schlecht, und das gute aus Athen ist teuer. Es herrscht bei uns immer ein Mangel an gutem Pergament.

Ich war immer schon begierig auf Pergament, und inzwischen weiß ich auch, warum. Um an gutes Pergament heranzukommen, arbeite ich in den Gärten der wohlhabenden Leute hier ringsherum. Ich bin schon ein guter Gärtner geworden, und man bittet mich oft um meine Hilfe. Die weiten Wege mit dem Esel sind zeitraubend, doch es macht mir auch Freude, so in aller Freiheit auf dem Esel durch die Berge zu reiten.

Mit dem Geld kaufe ich mir gutes Pergament, auch auf Vorrat. Zu Anfang wusste ich gar nicht, wozu ich so viel Pergament brauche; der einzige verständliche Grund schien mir zu sein, dass ich so gerne etwas aufschreiben würde.

Als ich sechzehn Jahre alt war, konnte ich schon gut schreiben, und vor allem Schönschrift schrieb ich sehr gern.

Eines Nachts geschieht es: Ich will gerade zu Bett gehen, als ich einen unwiderstehlichen Drang verspürte zu schreiben. Ich zünde eine Kerze an, ergreife rasch Feder, Tinte und Pergament und schreibe los, ohne zu wissen, was ich schreibe. Meine Hand schreibt von selbst, und ich habe Mühe, dem Fluss dessen, was geschrieben werden will, mit der Hand zu folgen. Zeus sei Dank habe ich billiges Pergament vom Markt gegriffen, denn es ist ein Gekrakel, was da entsteht. Immerhin kann ich es selbst lesen, obwohl es ein wildes Gekritzel der üblichen Buchstaben der Schreibschrift ist. Letztere sind bei uns verachtet, doch sie sind schneller zu schreiben.

Am nächsten Abend geschieht mir das Gleiche und dann wieder das Gleiche, so dass sich bald ein Stapel von Pergamenten ansammelt, deren Schrift nur ich lesen kann.

Wenn ich auf das billige Pergament so geschwind schreibe, dass nachher nur ich es lesen kann, dann folge ich nicht nur dem Drängen meiner Hand, sondern sehe oft die Geschichten, die dort geschildert werden, vor meinem inneren Auge. Die Hand schreibt nieder, was ich sehe. Manchmal höre ich, was gesprochen wird, in einer mir unverständlichen Sprache, doch der Sinn ist mir zugleich auf Griechisch klar, und meine Hand schreibt es nieder.

Das Unangenehmste ist die Geschwindigkeit der Gedanken und Bilder, denen die Hand kaum folgen kann. Die Hand erlahmt bald; glücklicherweise kann ich auch mit der Linken schreiben, und zwar in Spiegelschrift.

Mein Vater, der Abt, beobachtet meine Arbeit wohlwollend, doch so unauffällig, dass ich es kaum bemerke; er hatte wohl Anweisung gegeben, dass man mich gewähren ließe. Manchmal schenkt er mir Pergament, wenn meines ausgegangen ist. Ich bin im Kloster wohlbehütet, und alle sind freundlich zu mir, manchmal mit einem etwas fragenden Blick. –

Bald danach weiß ich, dass die Texte in Schönschrift zu übertragen seien. Das ist nun allerdings ein Problem der Zeit, denn ich habe in der Burg zu helfen, am Gottesdienst teilzunehmen, Unterricht bei Bruder Johannes zu nehmen, und vor allem, meine Arbeit in den Gärten zu verrichten, die mich am meisten Zeit kostet.

Mit größter Anstrengung schaffe ich das alles, und es entsteht nach und nach eine Rolle schön beschriebenen Pergaments und noch eine und noch eine.

Heute ist die ganze Geschichte aufgeschrieben, und ich habe die Rollen dem Abt, meinem Vater, gegeben. Er nahm sie mit einer feierlichen Geste entgegen, strich mir liebevoll über die blonden Haare und sagte:

„Ich danke dir, mein Sohn, du hast Gutes getan." –

So schließe ich diesen Bericht nun ab mit einem heimlichen Ritual für Athene und mit einem Dankesgebet im christlichen Gottesdienst an Jesus, den Christus. –

Unter dem Bericht stand in einer anderen Handschrift:

† Doares, im Alter von 19 Jahren, in der Gnade des Herrn †

– Ende von Teil III: „Reisen in Vergangenheit und Zukunft" –

– Ende der gesamtem Erzählung: „Dhoaram, der Seher",

– Eine schamanische Einweihung und ihre Folgen –

Es folgen 5 Anlagen:

Anlage 1: Dramatis Personae

Anlage 2: Einige Vorkommnisse
(in heutiger Sprache)

Anlage 3: Ein paar Erkenntnisse

Anlage 4: Bücher von JFH zum Thema

Anlage 5: Literaturangaben

Joachim Felix Hornung, joachimhornung(.)gmx(.)de,

www.mutual-mente.com; 16. Dezember 2021

Anlage 1:   Dramatis Personae

Die Zahlen bedeuten die Nummern der Kapitel.

Dhoaram [16], die Haupt-Person, Ich-Erzähler, Seher,

Doares, Wiedergeburt Dhoaram's im alten Griechenland, der die Geschichte Dhoaram's aufschreibt, 30

Dulgur, Groß-Onkel Dhoaram's, Vater von Milum, starb ein Jahr vor Dhoaram's Geburt, 03, 05, 06. War der alte Weise Mann im Dorfe Dhoaram's, hat dort keinen Nachfolger, 06. Man hielt lange Zeit Dhoaram für die Wiedergeburt Dulgur's, 07, 17. Dulgur ist bereits als Mayra wiedergeboren, 7, 10, 17. Dulgur ist Dhoaram's Geistführer in der anderen Welt, 10. Dulgur erklärt Dhoaram im Traum, was Wiedergeburt ist, 07. Können Menschen als Tiere wiedergeboren werden? Lösung: Der Mensch besteht aus drei Wesensgliedern: Mensch, Tier und Pflanze, 07. (im Satyendra ist das vierte Wesensglied ein Mineral, dort Kapitel 14)

Garann, Milum's Sohn, Vetter Dhoaram's, ist wie ein großer Bruder zu Dhoaram, 01ff.

Großvater, Vater der Mutter, Bruder Dulgur's, versteht Dhoaram gut und kann selbst ein wenig in die Zukunft schauen 03. Er schickt Dhoaram zu einem Zauberer, weil Dhoaram ein Unglück vorhersah, 03. Erster Lehrer Dhoaram's,

---

[16] Vermutlich wurde das ‚Dh' damals wie ein stimmhaftes englisches th wie in ‚that' ausgesprochen. Den Laut ‚Dh' gab es in den alten nordischen Sprachen und in der Runenschrift, und es gibt ihn heute noch im Englischen und im Isländischen, im Spanischen, im Neu-Griechischen, im Albanischen und im Arabischen.

164

beantwortet Dhoaram viele Fragen, ist jedoch am Ende überfordert, 04 Milum löst ihn als Lehrer Dhoaram's ab, 05.

Heiler aus dem Dorf am Fluss. Dieser, Großvater und Milum bestimmen Milum zum neuen Lehrer von Dhoaram, 05. Erklärt Dhoaram, wie er (nach unseren heutigen Begriffen wie ein Schamane) heilt, 15. Er reist mit der Trommel in eine andere Welt, wo er Tieren begegnet, die ein großes Wissen über Heilung haben; das sind vor allem die Vögel. Sein eigenes Kraft-Tier ist der Biber, der ihn manchmal besucht, 15. Nimmt an der Geschichts-Stunde der Mutter Dhoaram's teil, 20.

Heilerinnen, eine aus Dhoaram's Dorf, drei aus anderen Dörfern, weihen Dhoaram in die magischen Geheimnisse des Heilens mit Pflanzen ein: Nach heutigen Begriffen Phytotherapie und Homöopathie, 19, Sind die Hebammen des Volkes, sind für alles zuständig, was mit Schwangerschaft, Geburt und Stillzeit zu tun hat, und sorgen dafür, dass sich die Menschen nicht zu stark vermehren.

Meisterin im Berg, lebt im Inneren des Berges seit Anbeginn aller Zeit, gibt Dhoaram seine Lebensaufgabe und einen magischen Kristall mit einer Landschaft darin mit Moos, Eule, Bach und dem funkelnde Saal im Berge 12, 13.

Milum, Sohn Dulgur's, Vetter der Mutter, also ein Onkel Dhoaram's zweiten Grades, 01 ff, wird Dhoaram's neuer Lehrer, 05. Die Lehren Milum's, 06, 08, 09. Studien über Erde, Sonne und Mond, 08,09. Milum's Wanderung über die Alpen in den Süden in eine andere Welt, in der die neolithische Revolution schon angekommen ist, 18.

Mayra: Dhoaram's Geliebte, später Ehefrau und Mutter, 17, 29. Wiedergeburt Dulgur's, 07, 17. 29. Sie lernt die Geschichten und die Geschichte des Volkes, die die Mutter erzählt, auswendig, um sie zu bewahren, 29.

Mutter Dhoaram's, Großvaters Tochter, 01, 02, 03, 04, 11, 29, ist eine Geschichten-Erzählerin und Bewahrerin der Geschichte ihres Volkes. Sie erzählt die Geschichte, wie die Menschen auf die Erde kamen, 20

Waffenschmied, hilft Dhoaram, einen Schild herzustellen, 16

Weiser aus einem entfernten Dorf, 20.

Weiser vom Dorf am Berg lebt vegan, ist hoch geachtet, 06. Er gibt Rat, wann eine Woche acht Tage haben soll, 04. Mehrere Alte Weise Männer aus den Nachbardörfern kamen herbei und sahen Dhoaram in seiner schamanischen Krise und sagten voraus, dass er ein Heiler und Zauberer werden wird. Der Weise vom Dorf am Berg aber sagte: „Er wird ein Seher werden" 11. Er weiß alles über Dhoaram's Reise in die andere Welt und spricht über die schamanische Krise, über die darin gestellten Aufgaben und über die Willensfreiheit, 13. Er schickt Dhoaram zum Waffenschmied, 13. Er bestärkt Dhoaram darin, seine Zukunftsvisionen zu beenden, 29. Er ist der Guru des Ashrams, in dem Dhoaram in seiner Vision in Indien lebt, 27.

Zauberer, sorgt mit einem Gegenzauber dafür, dass Garann nicht von einem Pfeil getroffen wird, wie Dhoaram vorhergesehen hatte. Dhoaram darf der Zauberei zuschauen, 03.

Zipps, ewig rachsüchtiger Rivale. 01ff. Dhoaram hatte im vor-
vorigen Leben mit Zipps' Ehefrau ein Verhältnis und er-
stach Zipps, als jener Dhoaram erstechen wollte, 10.

Anlage 2

Einige Vorkommnisse in heutiger Sprache

Die Zahlen bedeuten die Nummern der Kapitel.

Die Menschen besaßen damals die Gabe der Fernwahrneh-
mung und der Präkognition, 01,03ff.

Reinkarnation, Wiedergeburt 02, 07,17, 29.

Der Mensch besteht aus drei Wesensgliedern: Mensch, Tier
und Pflanze, sagt Dulgur, 07. (Damit ist das Rätsel der Wiedergeburt als Tier gelöst.) Dhoaram erlebt dies in seiner
schamanischen Einweihung (schamanische Krise) selbst:
er verwandelt sich in ein Moos und in eine Eule. 11, 12.

Dhoaram hat ein Nahtodes-Erlebnis mit anschließendem Aufenthalt im Jenseits, dort Aufarbeitung des vergangenen Lebens, Erscheinen vor dem Großen Rat der Weisen und Pla-
nung des nächsten, in diesem Fall des gegenwärtigen Lebens, 10

Dhoaram hat eine schamanische Krise aus der Sicht der Um-
stehenden mit epileptischen Anfällen und drei-tägiger
Ohnmacht. Voraussage, dass Dhoaram ein Seher werden
wird, 11

Schamanische Krise aus der Sicht des Betroffenen: Dhoaram
erlebt die Zerfleischung durch einen Bären, Verwandlung
in die eigene Kraft-Pflanze, Verwandlung in das eigene

Kraft-Tier, Lektion bei der Meisterin im Berg, Aufwachen aus der Ohnmacht und Gesundung, 12.

Die Heilerinnen weihen Dhoaram in die Geheimnisse der Phytotherapie und der Homöopathie ein, 19.

Missionierung ist Kulturzerstörung, 24, 25.

„Sie nehmen uns die ganze Insel weg." Eroberung der Welt durch die Europäer, 26.

Die Menschheit bereitet sich selbst ihr eigenes Ende. Drastische Schilderung in freien Rhythmen, 28.

Anlage 3.   Ein paar Erkenntnisse im „Dhoaram"

Die Zahlen bedeuten die Nummern der Kapitel.

- **Dhoaram**: „Haben doch die Frauen immer ihre unerforschlichen Geheimnisse!" 20 „Ich erwache aus dem Traum und weine bitterlich", 26.

- **Großvater zu Dhoaram**: „Alles vergeht, und alles kommt wieder." „Licht ist Leben." 04

- **Guru**: „Der Augenblick lügt nicht." „Ein Tier lügt nicht." „Der Verstand kann von jedem Gedanken auch das Gegenteil denken." "Wir haben unsere Unschuld verloren." Indien 27

- **Heiler im Dorf am Fluss**: „Wir [Menschen] sind zwei Wesen in einem, genauer gesagt, sind wir drei. Einmal die unsterbliche Seele, dann der Körper, der dem der Tiere gleicht, und schließlich noch der Verstand, den die Tiere nicht haben. Hierzu gehört die Voraussicht, 15 „Nicht ich heile, sondern die guten Geister tun es." 15 „Ein Heiler, der nicht heilt, ist kein Heiler." [siehe den Text.] 15 „Ein Regenmacher kann nur dann Regen machen, wenn das Land sehr trocken ist und wenn Pflanzen, Tiere und Menschen dürsten." 15

- **Heilerin aus einem Nachbardorf:** „Manchmal vergessen wir vor lauter gutem Willen die so wichtige Verantwortung für uns selbst." 19

- **Heilerin aus unserem Dorf:** „Das Schlechte bringt das Gute hervor." 19. „Deshalb ist es so wichtig, dass die Gemeinschaft aller Lebewesen einschließlich des Menschen gehegt und gepflegt wird." 19. „Eine Seele kann man nicht wiegen." 19. „Es ist der Geist der Pflanze, der heilt, und das ist der wichtigere Teil." 19

- **Milum** zu Dhoaram: „Das JETZT ist so kurz, dass wir es als zeitlos ansehen müssen. Es ist die Grenze zwischen Vergangenheit und Zukunft." 13. „Die Menschen in der Stadt wissen nichts von der Reinkarnation, ja, sie lehnen den Gedanken ab; sie leugnen das Offenkundige." 18

- **Weiser vom Dorf am Berg:** „Nutze diese Gabe (das Sehen) mit großer Umsicht!" 15. „Der Mensch ist die Summe seiner Erfahrungen." 13. „Daher stammen deine Ängste und Sehnsüchte, deine Vorlieben und Abneigungen, deine Talente und dein Versagen aus früheren Leben. Nur so sind die oft unerklärlichen Wesenszüge eines Menschen zu erklären." 13. „Wir nennen sie unsere Engel. Sie sind immer hilfreich, auch wenn du grobe Fehler gemacht hast. Um dein Wort zu benutzen: Sie sind uns niemals böse." 13.

„Die Engel stellen dir keine Fallen, sie bauen dir keine Hindernisse auf, sie stellen dir keine Aufgaben. Deine Aufgaben hast du dir im Jenseits selbst gestellt; die Engel helfen dir nur, sie zu erfüllen." 13

<u>Anlage 4:   Bücher von JFH zum Thema</u>

Einen ausführlichen Kommentar zum Dhoaram und zum Satyendra und zur Vergangenheit und zur Zukunft der Menschheit, nebst umfangreichen Literatur-Angaben finden sich in dem Buch: „Dialog über uns" – Über unsere Vergangenheit und unsere Zukunft, von JFH, Verlag BoD Norderstedt, 2022, im Erscheinen.

Folgende Bücher von JFH sind im BoD-Verlag bereits erschienen oder in Arbeit (1– 4):

1. Joachim Felix Hornung: „Satyendra, eine Erzählung von Liebe, Reinkarnation und Schamanismus – Die vergessene Welt hinter den sichtbaren Dingen", BoD-Verlag Norderstedt, 2021, 112 S., bereits erschienen,

2. Joachim Felix Hornung: „Satyendra y su gran amor" – Un relato de chamanismo y reencarnación, Editorial BoD, Madrid, 2021, 109 S., bereits erschienen,

3. Joachim Felix Hornung: „Dhoaram, der Seher" – Eine schamanische Einweihung und ihre Folgen, BoD-Verlag Norderstedt, 2021, 171 S. bereits erschienen,

4. Joachim Felix Hornung: „Dialog über uns" – Über unsere Vergangenheit und unsere Zukunft, BoD-Verlag Norderstedt, 2022, ca. 270 Seiten., im Erscheinen.

5. Folgende Übersichten, geschrieben von Joachim Felix Hornung, sind auf www.mutual-mente.com verfügbar:

A0. Moderne Reinkarnations-Forschung (Stevenson),

A1. Neuere Einzelfälle von Reinkarnation (Bowman),

A2. Nahtodes-Forschung (Moody, Ring, NDERF.org),

A3. Jenseits-Forschung (Whitton, Myers),

A4. Spirituelle Aspekte der Organtransplantation (Claire Sylvia; Pearsall, Schwartz & Russek),

A7. Glossar zum spirituellen Themen, erläutert 153 Begriffe aus der Forschung über die Geistige Welt,

OSWALD SPENGLER: „Der Untergang des Abendlands" Einführung mit 19 Wort-Zitaten Spengler's.

Dhoaram, Anlage 5: Literaturangaben
nach Namen und Stichwörtern

Ein ausführliches Literaturverzeichnis finden Sie im „Dialog über uns", BoD-Verlag, 2022

Campbell, Colin: in "Shamanic Perspectives on Mental Illness" http://d20wqiibvy9b23.cloudfront.net, oder Browser

The Gaia Foundation: www.gaiafoundation.org/team-member/colin-campbell-botswana-south-africa/, und www.sourcewatch.org/index.php/Colin_Campbell_(Healer): "Colin Campbell (Healer)".

Eliade, Mircea [1975/2020]: „Schamanismus und archaische Ekstasetechnik", Suhrkamp, 472 Seiten, eng bedruckt;
Eliade, Mircea: Wikipedia,

Gottesschau, unio mystica, s. www.mutual-mente.com, Kapitel A5. Thomas von Aquin, Heiliger und Kirchenlehrer, sagte, nachdem er eine Gotterschau hatte: "Alles was man über Gott sagen kann, ist mehr falsch als richtig."

Grof, Stanislav: „Psychology of the Future", 2007.
Grof, Stanislav in: „Veränderte Bewusstseinszustände – ein Überblick", www.bpv.ch/blog/veraenderte-bewusstseinszustaende-ueberblick/, wo die Identifikation mit Tieren und Pflanzen beschrieben wird.

Harner, Michael [1980/2013]: „Der Weg des Schamanen", Heyne -Verlag, München; 319 Seiten;
Harner, Michael: Wikipedia

Hornung, Joachim Felix, s. Anlage 4

International Association for Near-Death Studies: „Journal of Near-Death Studies", https://iands.org/

Kristallschädel: Chris Morton & Ceri Louise Thomas: "The Mystery of the Crystal Skulls", 1998; www.crystalskulls.com/books/mystery-crystal-skulls-morton-thomas.html, Thorsons 1997; Scherz, 2000, Kopp 2006,

Lunaception, Louise Lacey https://www.ai-pro.info/wp/wp-content/uploads/2017/08/lunaception.pdf

Moody, Raymond [1975]: "Life after Life – The Investigation of a Phenomenon", Covington, Georgia, USA; "Leben nach dem Tod", Rowohlt 1977

Myers, Frederic (*1843, † 1901): „Proof of Life After Death" by Peter Shepherd, Trans4mind, 1997-2016, https://trans4mind.com/afterlife/myers1.html

Nahtodes-Erlebnisse, Wikipedia: "Nahtod-Studien"; Focus.de/Wissen, [2016]: "Fünf unglaubliche Berichte aus dem Jenseits",
International Association for Near-Death Studies: https://iands.org;
Near-Death Experience Foundation: NDERF.org;
Nahtodes-Forschung: mutual-mente.com, Thema A2

Pflanzengeister: "Pflanzengeister und Schamanismus – ein Blick auf europäische Traditionen" www.shamanicstudies.net/pflanzengeister-in-den-europaeischen-traditionen/

Psi Encyclopedia: Past-Life Memories, Reincarnation, Replacement Reincarnation, Near-Death Experiences, Between-Life Experiences, Psi-Phenomena; im Browser.

Reincarnation: eine Fülle von Material im Internet: siehe "Proof of reincarnation" im Browser; s.a. STEVENSON, IAN: www.mutual-mente.com: Thema A0,

Schamanismus: siehe hier in diesem Verzeichnis: **Harner, Eliade, Secunda.** Außerdem: Holger **Kalweit**: „Die Welt der Schamanen", https://d-nb.info/971254656/04

Secunda, Brant, Dance of the Deer Foundation – Archive for Don José Matsuwa: "Honoring the memory of Don

José Matsuwa" and "Journey to the Heart", in
www.shamanism.com/journal-tags/don-jose-matsuwa,
und "Brant Secunda, Schamane & Heiler"
in www.shamanism.com > brant-secunda-2

Stevenson, Ian [1974/1995]: "Twenty Cases Suggestive of
Reincarnation", University Press of Virginia, „Reinkarnation – Der Mensch im Wandel von Tod und Wiedergeburt". Aurum 1994; Ausführliche Besprechung auf
www.mutual-mente.com: Thema A0: „Reinkarnationsfor-
schung", und in „Psi Encyclopedia: Articles on Reincarnation", im Browser,

Whitton, Joel & Fisher, Joe [1986/1995]: "Life between
Life". Warner Books. „Das Leben zwischen den Leben".
Goldmann [1989],

Witzel, Michael E. J. [2013]: „Shamanism in northern and
southern Eurasia: Their distinctive methods of change of
consciousness", Social Science Information 50(1): 39-61.
doi:10.1177/0539018410391044,
http://nrs.harvard.edu/urn-3:HUL.InstRepos:8456537,
and   https://dash.harvard.edu/handle/1/8456537

Marlis und Herbert Knörer sei herzlich gedankt
für das Lektorat.

Ende des gesamten Textes: „Dhoaram, der Seher"
– Eine schamanische Einweihung und ihre Folgen –
von Joachim Felix Hornung
BoD Norderstedt, 2021